THEODORA MARIA MENDES DE ALMEIDA

QUEM CANTA SEUS MALES ESPANTA

CANTIGAS INFANTIS

EDIÇÃO COMEMORATIVA

Caramelo

Presidência	Mario Ghio Júnior
Direção de Operações	Alvaro Claudino dos Santos Junior
Direção Editorial	Daniela Lima Villela Segura
Gerência de Negócios e Editorial	Carolina Tresolavy
Gerência editorial	Fabio Weintraub
Edição	Laura Vecchioli
Planejamento e controle de produção	Flávio Matuguma, Felipe Nogueira, Juliana Batista e Juliana Gonçalves
Projeto gráfico e diagramação	Nathalia Laia
Revisão	Kátia Scaff Marques (coord.)
	Brenda T. M. Morais
	Claudia Virgilio
	Daniela Lima
	Malvina Tomáz
	Ricardo Miyake
Projeto de trabalho interdisciplinar	Theodora Maria Mendes de Almeida

Dados Internacionais de Catalogação na Publicação (CIP)

Quem canta seus males espanta : cantigas infantis / coordenação de Theodora Maria Mendes de Almeida. – 1. ed. – São Paulo : Caramelo, 2020.
  88 p. : il., color.

Edição comemorativa
ISBN 978-85-5759-005-2

1. Canções infantis I. Almeida, Theodora Maria Mendes de

20-2505   CDD 782.421582

Angélica Ilacqua CRB-8/7057

CL 525031
CAE 727334

2024
1ª edição
7ª impressão
Impressão e acabamento: A.R. Fernandez
OP 248950

Caramelo

Direitos desta edição cedidos à
Somos Sistemas de Ensino S.A.
Av. Paulista, 901 Bela Vista – São Paulo – SP
CEP 01310-200 | Tel.: (0xx11) 4003-3061
Conheça o nosso portal de literatura Coletivo Leitor:
www.coletivoleitor.com.br

Cantar (v. t. d.) – Formular melodias, frases musicais, com ou sem letra. Organizar notas segundo regras estabelecidas ou improvisando, seguindo a inspiração do momento. [...] O verbo cantar também é centro de numerosos provérbios. "Quem canta refresca a alma, / Cantar adoça o sofrer; / Quem canta zomba da morte: / Cantar ajuda a viver!..." (Lopes Neto, J. *Contos gauchescos e lendas do Sul*, 1926), "Do que não canta nem assobia, desconfia, Prov. popular." (Borba, T. *Trechos seletos*, 1924). [...] Perestrello da Câmara (*Coleção de provérbios, adágios, rifãos, anexins*; 1848) cita: "Quem canta / Seus males espanta." [...] Mário Lamenza (Provérbios, 1941) "Cantar andando, encurta o caminho", "Faze a tua seara onde canta a cigarra", "Quando se é moço, a esperança anda na boca a cantar", "Quem canta, maus fados espanta, quem chora mais os aumenta." [...] Francisco Oliveira (*Romanceiro e cancioneiro do Algarve*, 1905) "Canta o soldado na guerra, / Canta o nauta sobre o mar, / Cantando se passa a vida / Tudo esquece até cantar".

ANDRADE, Mário de. *Dicionário musical brasileiro*. Belo Horizonte: Itatiaia; Brasília: Ministério da Cultura; São Paulo: Instituto de Estudos Brasileiros da Universidade de São Paulo, Edusp, 1989. p. 98-100.

PREFÁCIO
SERRA, SERRA, SERRADOR...

Por que será que três palavras assim organizadas carregam a força de nos remeter de forma tão sensível a um passado de tantos afetos, brincadeiras, ruas, quintais, pessoas e encontros? O que elas guardam de segredo e poder para que, rapidamente, outras melodias, rimas, brincadeiras e gestos surjam em nossa memória afetiva?

Os textos da tradição oral funcionam, certamente, como relatos históricos de nossa infância e das experiências vividas nessa fase. Carregam em si um tanto de chamado para nos lembrar de nossa origem, daquilo que nos compõe, da produção lúdica, simbólica e cultural. Têm a força identitária de toda a humanidade por nos aproximar de outras infâncias, próximas e distantes, que também produziram através dessas práticas um rico acervo simbólico. Dizem que muitos desses textos foram criados na época em que os adultos ainda brincavam e se divertiam.

Nunca me pareceu tão importante e valioso o resgate da experiência humana de brincar, cantar, rimar e jogar atravessados pela produção cultural de cantigas tradicionais da infância, parlendas, adivinhas, trava-línguas e jogos corporais do passado. Sobretudo em tempos em que nosso corpo e o de nossas crianças são expostos de forma tão violenta às telas e aos dispositivos tecnológicos e digitais. Não pretendo aqui me derreter em oposição aos efeitos da cultura digital em nosso tempo. Mas, fortemente, tenho a intenção de defender nosso rico legado da cultura do brincar em uma dimensão mais interativa, histórica e presencial. Proclamo assim o meu compromisso político com a garantia desse legado.

Por outro lado, também como educadora, eu diria que esses textos ocupam um importante lugar de repertório na entrada das crianças nas culturas do escrito. Sim, nasceram muitas vezes da cultura oral. Mas, como forma de resistência e de defesa da permanência, foram ganhando contornos em tinta, impressos em inúmeras publicações, usados (reconheço) muitas vezes como pretexto para equívocos didático-metodológicos. Porém, em inúmeras escolas, nós, os alfabetizadores, cientes da importância desses textos, saímos em busca de publicações de qualidade que conservassem o valor e a estética desse acervo e, ao mesmo tempo, oferecessem a riqueza de textos que dariam contorno e cenário às práticas de alfabetização.

Já como formadora de professores alfabetizadores tive o prazer de conhecer as obras *Quem canta seus males 1* e *2* e me encantei com o projeto. Encantei-me com a ideia realizada em livro de uma comunidade que se dedicou à colheita, inicialmente das músicas e parlendas cantadas e recitadas por seus alunos e educadores, e que avança enchendo outros cestos contando com o rico e vasto acervo da memória de seus educadores, famílias e amigos da escola.

Ao me preparar para escrever o prefácio para esta edição comemorativa, voltei a folhear as páginas das edições anteriores. Quando minhas filhas me viram com os livros, ainda que já adultas, os tomaram em suas mãos, felizes pelo reencontro com uma lembrança de tanto afeto e alegria. É possível que tenham sido, mais uma vez, convidadas a espantar os seus males, cantando! E não é que nunca nos foi tão necessária a presença de experiências de encantamento?

Por esse e por muitos outros motivos, a professora, mãe e adulta que tenho me tornado honra e saúda a edição comemorativa, cheia de desejo de vida longa ao *Quem canta seus males espanta*! Parabéns à Theodora e a todos os envolvidos nesta linda história.

Débora Vaz – Pedagoga pela PUC-SP, Especialista em Educação pela
Université Réné Descartes – Paris V – Sorbonne, aluna externa na
Maestria de Lectura y Alfabetización de la Universidad de La Plata – Argentina

AGRADECIMENTOS

Agradeço novamente a todos que participaram deste trabalho maravilhoso, que só me deu alegrias e orgulho durante esses mais de vinte anos, e aos pais e mães que acreditaram na importância deste projeto e nos apoiaram desde sempre.

À minha equipe de dedicados educadores, meu agradecimento eterno. Quero fazer um agradecimento especial ao professor Marco Bernardes Pereira, que se empenhou tanto para que tudo saísse da melhor forma, que nos encanta até hoje com seu violão e sua voz, gravados para sempre junto à cantoria das crianças.

E agradeço, é claro, aos alunos e alunas que hoje são jovens adultos, por sua participação e paciência, ao desenhar, cantar e repetir dezenas de vezes... Espero que tragam essas e outras tantas memórias afetivas de uma infância que, tenho certeza, foi muito feliz.

CANTORES E ILUSTRADORES

Quem canta seus males espanta 1
Alana Claro (vol. 1 e 2)
Alex Yohei Costa
Alice Maria Valente do Reis
Ana Carolina C. P. Neves
Antonia B. Andrade (vol. 1 e 2)
Beatriz N. F. Lebre Martins
Bianca S. T. S. Ribeirão
Bruno Cimino Preidikman
Bruno R. de Araújo (vol. 1 e 2)
Camile Minerbo
Carolina A. C. da Cunha (vol. 1 e 2)
Carolina C. J. Rodrigues (vol. 1 e 2)
Cauê Berttini Paes Leme (vol. 1 e 2)
Daniel Lemos Bresciane
Danilo Expedito da Silva
Débora C. de C. Correa (vol. 1 e 2)
Eduardo Abduch Catelani
Fabrizio Quintas Parmigiani
Fernando Silveira Malta
Francesca Consenza
Francisco de Q. Luna (vol. 1 e 2)
Gabriel Abdalla Conrado (vol. 1 e 2)
Gabriel Castelhano Eichenberger
Gabriel da S. C. Ramos (vol. 1 e 2)
Gabriel Elias Thut
Gabriela S. de B. Rocha (vol. 1 e 2)
Georgia Bianco Januzzi (vol. 1 e 2)
Giancarlo Pellegrini Granito
Giuliana M. Borsari (vol. 1 e 2)
Giuseppe Battista (vol. 1 e 2)
Guilherme Alves Mattos
Gustavo Thompson Flores
Henrique A. Conrado (vol. 1 e 2)
Isabela Yoshizawa
Isabella Zurita Dehó
João Pedro Abdo Said (vol. 1 e 2)
José Lucas K. de Magalhães Castro
Júlia Motta Castro de Souza
Khalil de Castro Farah
Lucas Kugler Martino (vol. 1 e 2)
Luis Felipe Fessel Ayres Netto
Luisa Moreno Verenguer (vol. 1 e 2)
Luiz Otávio Ayres Netto
Manuel R. T. de Almeida Neto
Marcelo Martins Ferreira
Maria Clara M. A. e Silva (vol. 1 e 2)
Marina Bortman Fernandes
Marina Veneziani Marega
Michele Minerbo
Otávio Alves Mattos
Patricia Athié Gebara
Paula J. D. de Moura (vol. 1 e 2)
Pedro di Rienzo Oliveira Azevedo
Pedro H. F. de Brito (vol. 1 e 2)
Pedro José da Silva (vol. 1 e 2)
Pedro M. R. Tavares de Almeida
Pedro Saboya Vergara Real
Pedro Soares Fialdini
Pedro Vieira Barbosa Orsini
Rafael Alves Campos (vol. 1 e 2)
Rafael Minerbo
Ricardo Bonilha Brentani
Ricardo M. Dutra Vaz (vol. 1 e 2)
Teodoro B. Andrade (vol. 1 e 2)
Thais Moreira Nunes
Thais Oliveira Reis
Thiago de O. C. Breitbarg (vol. 1 e 2)
Thiago Graciani dos Santos
Victor Ferradosa Morato
Victor Marelli Thut
Victoria Abduch Catelani
Victoria Mouawad
Zandor Peltier

Quem canta seus males espanta 2
Alex Muroch Prata
Ana Beatriz R. L. Calicchio
André Engelbrecht Gutierrez
Andre Scemes Altman
Anna Paula Bona Bueno
Arthur Eduardo J. D. de Moura
Beatriz Alessio Negrão
Beatriz Curi Veneri
Bianca Suemi Tanaka Souza
Brunno Kugler Martino
Caetano Pasta Aydar
Caio Lopes Tavares Alves
Camilla de Souza e Silva Delouya
Carolina da Costa Aguiar Petry
Carolina Zurita Dehó
Constance Von Igel de Mello
Diego Xavier Soares Echeverrigaray
Fabio Bonilha Brentani
Fabrizio Quintas Parmigiani
Felipe Brum Gatos
Francisco do Vale Pereira Nahas
Gaia Pinotti
Giovanna Achôa Coelho da Rocha
Giovanna Juliete Coelho Mattos
Giulia Faidiga Roma
Guilherme Esteves Carvalhaes
Ian Barcellos Ferri Souza Carmo
João Francisco de Aguiar Coelho
João Pedro B. Q. de Almeida
José Ricardo de Aguiar Coelho
Júlia Gottardi Aguiar Ferreira
Juliana Barrera Costa
Ligia de Queiroz Luna
Lorenzo Pellegrini Granito
Luca Napolitano Rivitti
Luca Ribeiro Noto
Lucas Albuquerque Chinelato
Lucas Lara de Paula Leite Novaes
Luisa Mendonça Silva Juliano
Maria Luiza M. A. e Silva
Maria Vitória Royer Moura
Mariana Pecoraro de Souza
Mateus da C. B. Souto Demétrio
Nathalia Almeida Leme
Nicolas Hiro Tanaka de Souza
Nicole Degreas
Olívia Clara Hatfield Iacoponi
Paulo Abrusio Carneiro da Cunha
Pedro Vieira Barbosa Orsini
Rafael de Oliveira Croquer
Rafael Ribeiro Roberto
Renata Carlini de Camargo Lima
Rodrigo Kahtalian Berenguer
Tara Livia Hall
Thais Horta
Thiago Leite Knittel
Tiago Durães Mendes de Almeida
Victor da Silva Carlos Ramos
Victoria Fiorin Chapchap

Pais/músicos
Quem canta seus males espanta 2
André Dehó no saxofone
Patrícia M. R. no violoncelo
Maurício de S. Roberto na flauta
Mário Manga no violão
e no bandolim
Sérgio Altman na flauta
Jair de S. C. Neto no violão aço
Heitor Hideo Fujinami no violino

SUMÁRIO

A CANOA VIROU, 8
A GALINHA DO VIZINHO, 10
A JANELINHA, 12
ABOMBI, 14
ALECRIM, 16
BARTOLO TINHA UMA FLAUTA, 18
BORBOLETINHA, 20
CABEÇA, OMBRO, PERNA E PÉ, 22
CARANGUEJO, 24
CORRE, COTIA, 26
CORUJA, 28
DE ABÓBORA FAZ MELÃO, 30
EM ALTO-MAR, 32
ERA UMA VEZ, TRÊS, 34
EU VI UMA BARATA, 36
FUI NO ITORORÓ, 38
LINDA ROSA JUVENIL, 40
MAZU, 42
MINHOCA, 44
MOTORISTA, 46

NA CHAMINÉ, 48
NO FUNDO DO MEU QUINTAL, 50
O CRAVO E A ROSA, 52
O MEU CHAPÉU, 54
O SAPO NÃO LAVA O PÉ, 56
PAI FRANCISCO, 58
PASSA, PASSA GAVIÃO, 60
PIPOQUINHA, 62
PIRULITO, 64
POMBINHA BRANCA, 66
SABIÁ, 68
SAI, PIABA, 70
SALADA, SALADINHA, 72
SAMBA LÊ LÊ, 74
SA-SA-SAPO, 76
SE ESSA RUA FOSSE MINHA, 78
SE EU FOSSE UM PEIXINHO, 80
SÍTIO DO SEU LOBATO, 82
TREM MALUCO, 84
UM, DOIS, FEIJÃO COM ARROZ, 86

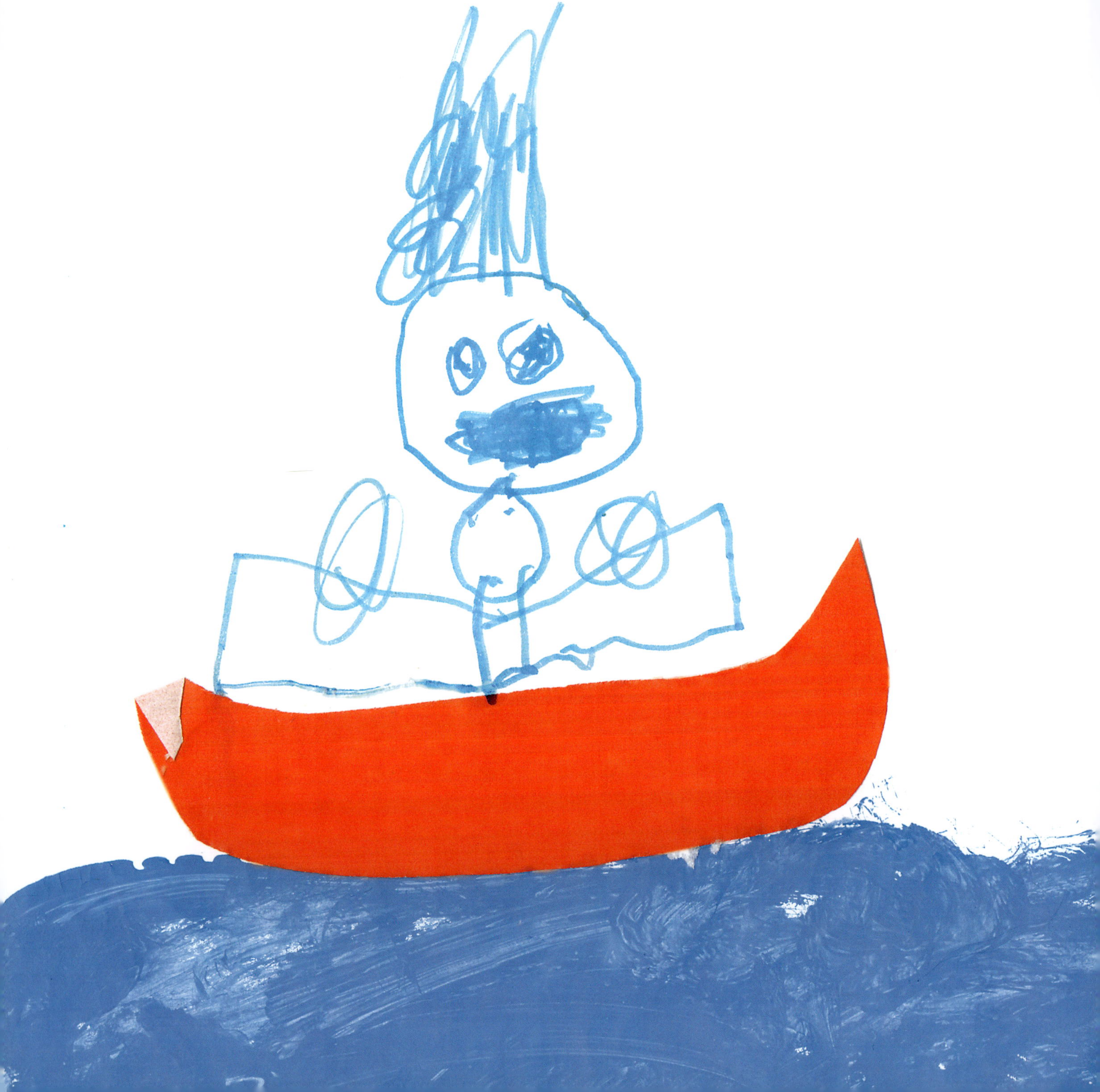

A CANOA VIROU

A CANOA VIROU
POR DEIXAR ELA VIRAR
FOI POR CAUSA DO ZÉ
QUE NÃO SOUBE REMAR.

TIRIRI PRA LÁ
TIRIRI PRA CÁ
O ZÉ É VELHO
E NÃO QUER CASAR.

ILUSTRADO POR
BRUNO RODRIGUES DE ARAÚJO

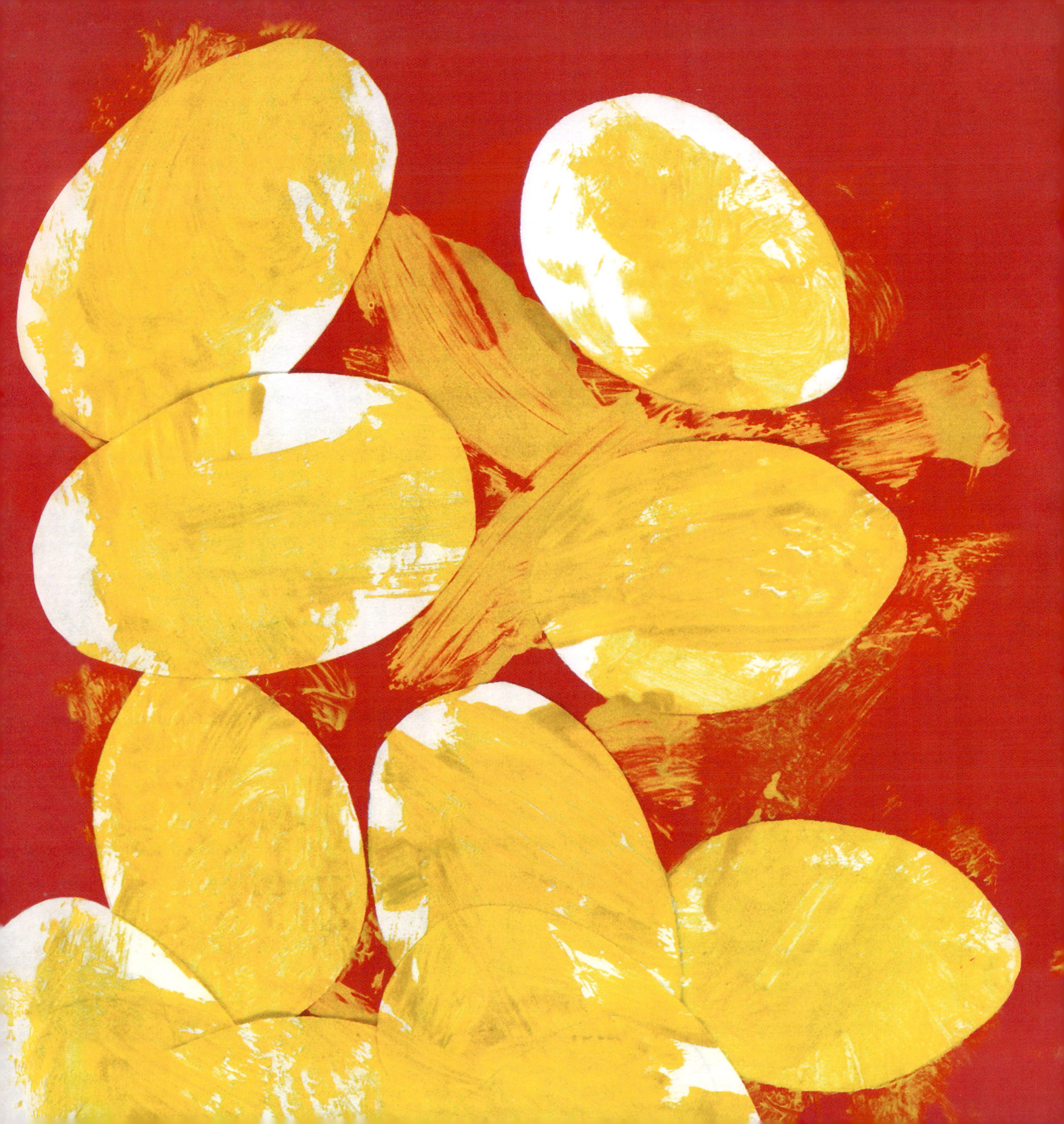

A GALINHA DO VIZINHO

A GALINHA DO VIZINHO
BOTA OVO AMARELINHO
BOTA UM,
BOTA DOIS,
BOTA TRÊS,
BOTA QUATRO,
BOTA CINCO,
BOTA SEIS,
BOTA SETE,
BOTA OITO,
BOTA NOVE,
BOTA DEZ.

ILUSTRADO POR

PEDRO HENRIQUE FERRO DE BRITO

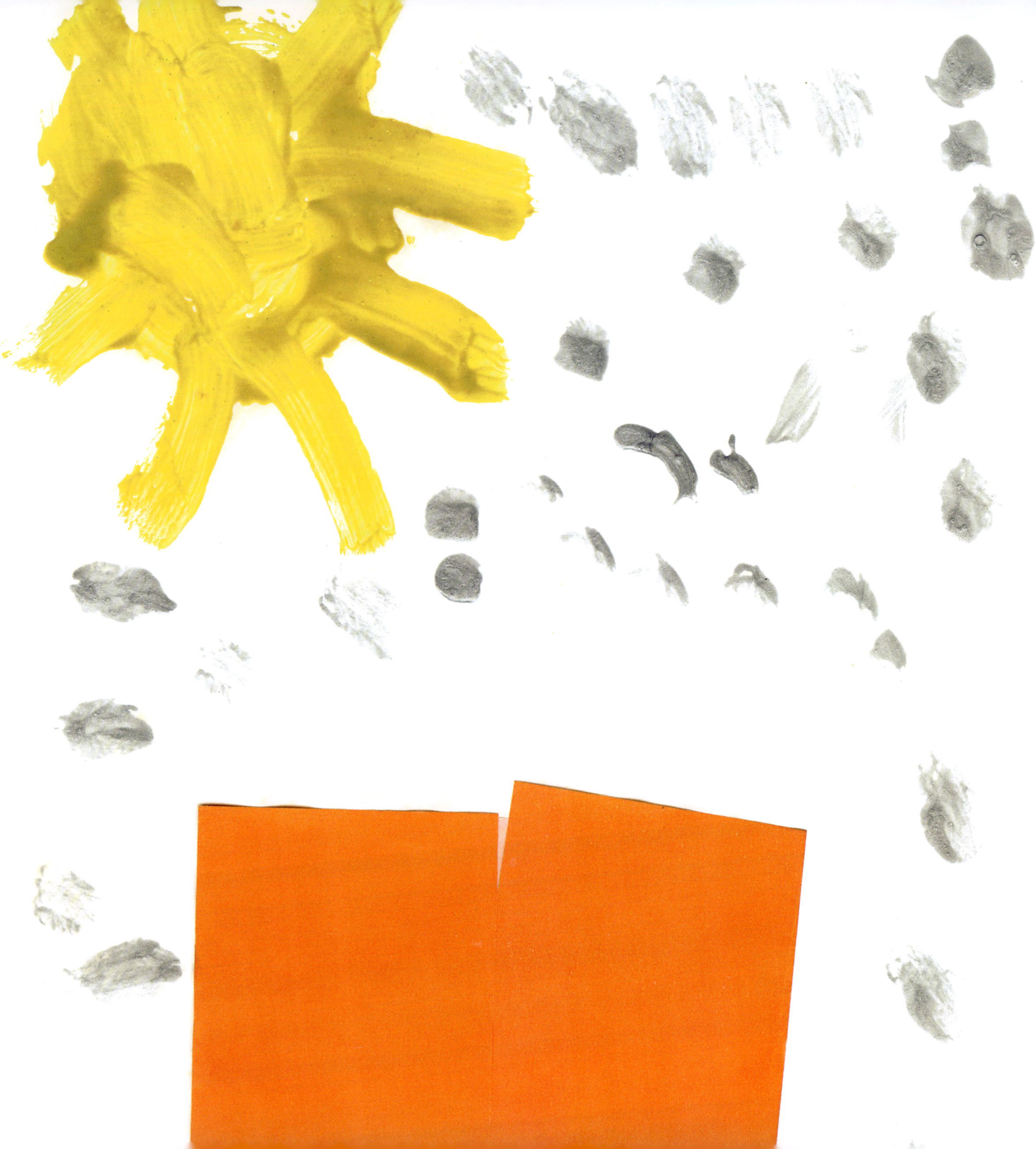

A JANELINHA

A JANELINHA FECHA
QUANDO ESTÁ CHOVENDO
A JANELINHA ABRE
SE O SOL ESTÁ APARECENDO.

FECHOU, ABRIU
FECHOU, ABRIU, FECHOU.

ABRIU, FECHOU
ABRIU, FECHOU, ABRIU.

ILUSTRADO POR
GEORGIA BIANCO JANUZZI

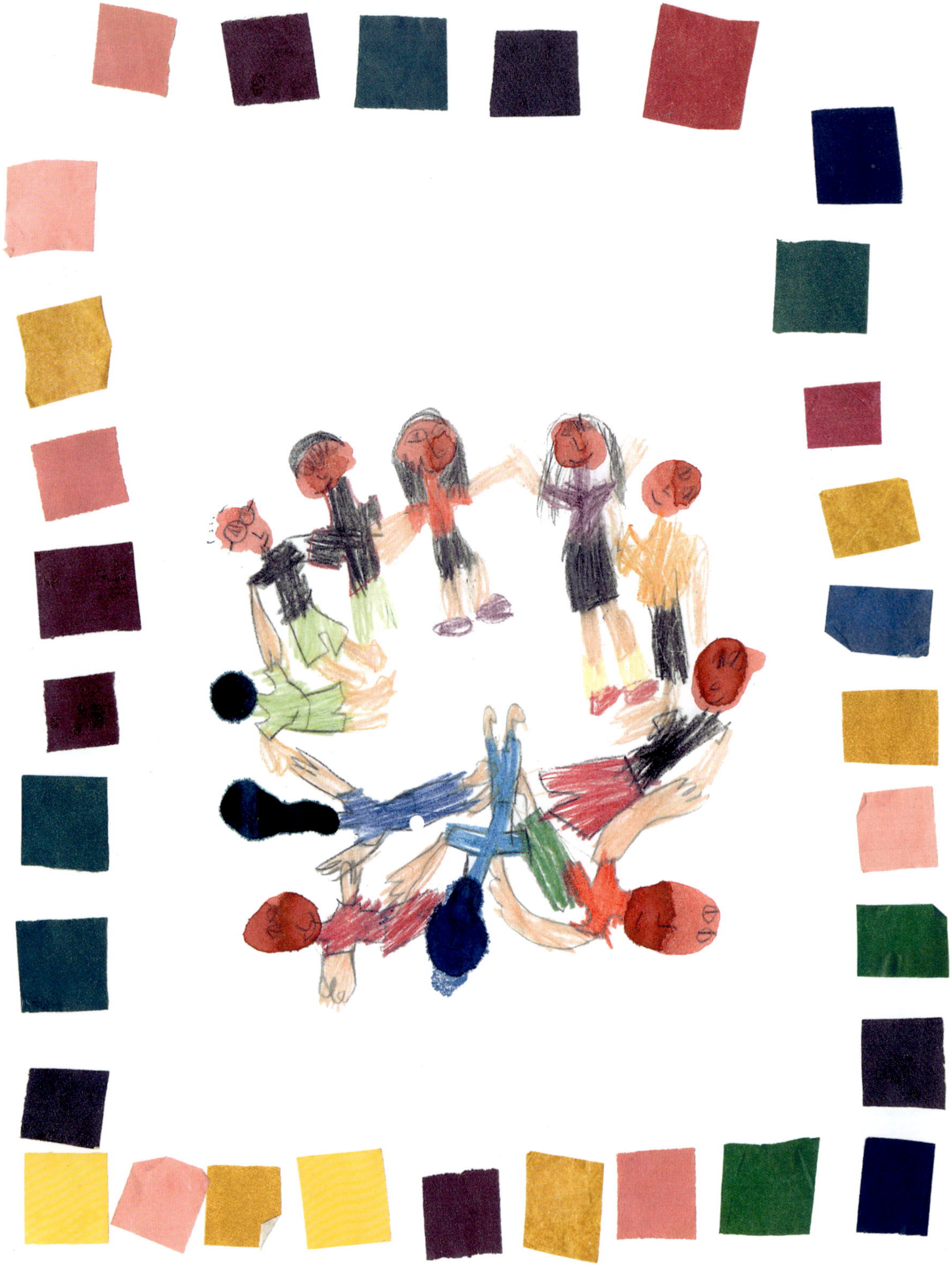

ABOMBI

ABOMBI CORONI CORONÁ
SERÁ BOMBI CORONI
ACADEMI SOL, FÁ, MI!
ACADEMI PUF, PUF!

ILUSTRADO POR
LIGIA DE QUEIROZ LUNA

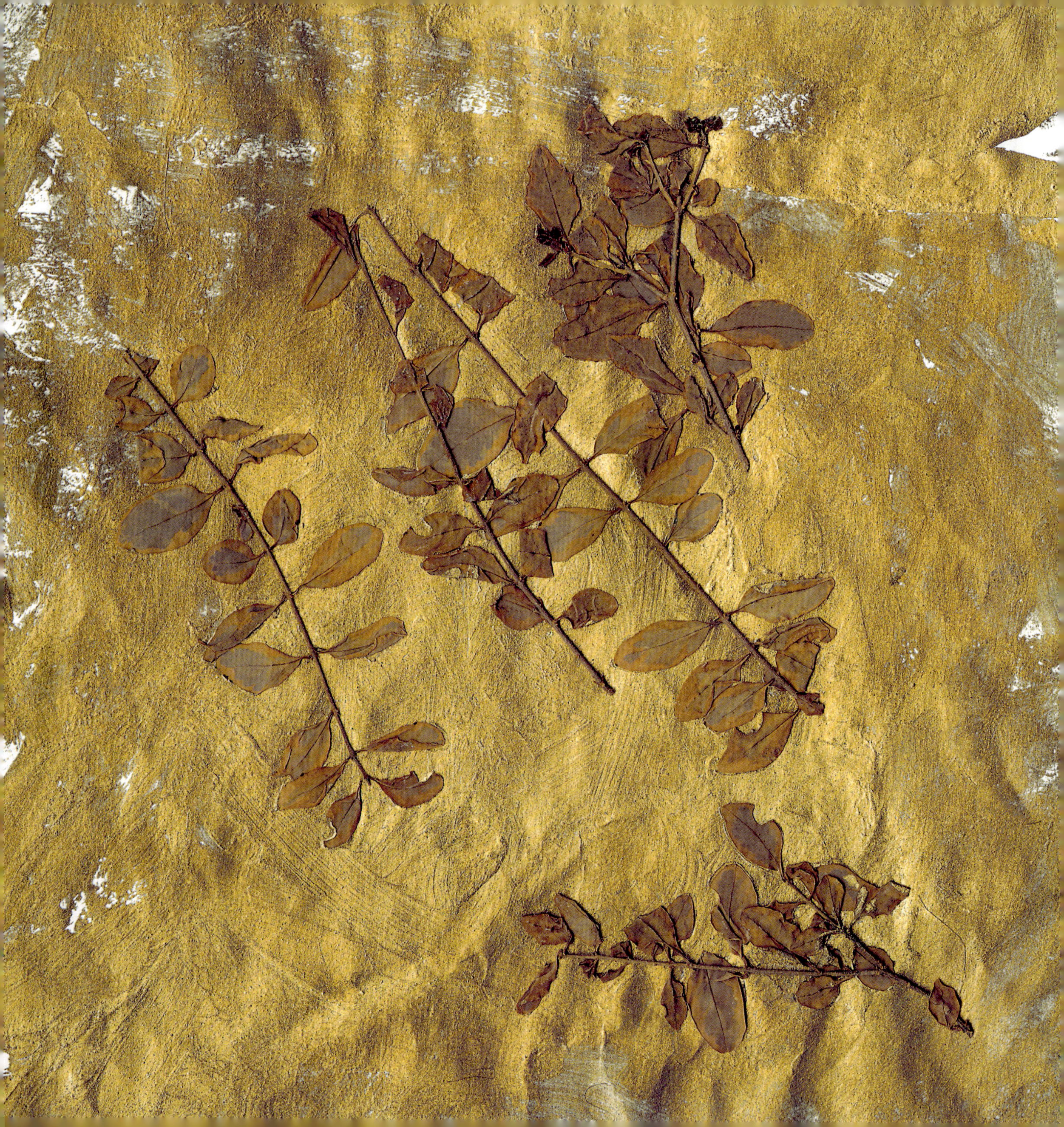

ALECRIM

ALECRIM, ALECRIM DOURADO
QUE NASCEU NO CAMPO
SEM SER SEMEADO.

FOI MEU AMOR
QUEM ME DISSE ASSIM
QUE A FLOR DO CAMPO
É O ALECRIM.

ILUSTRADO POR
RAFAEL ALVES CAMPOS

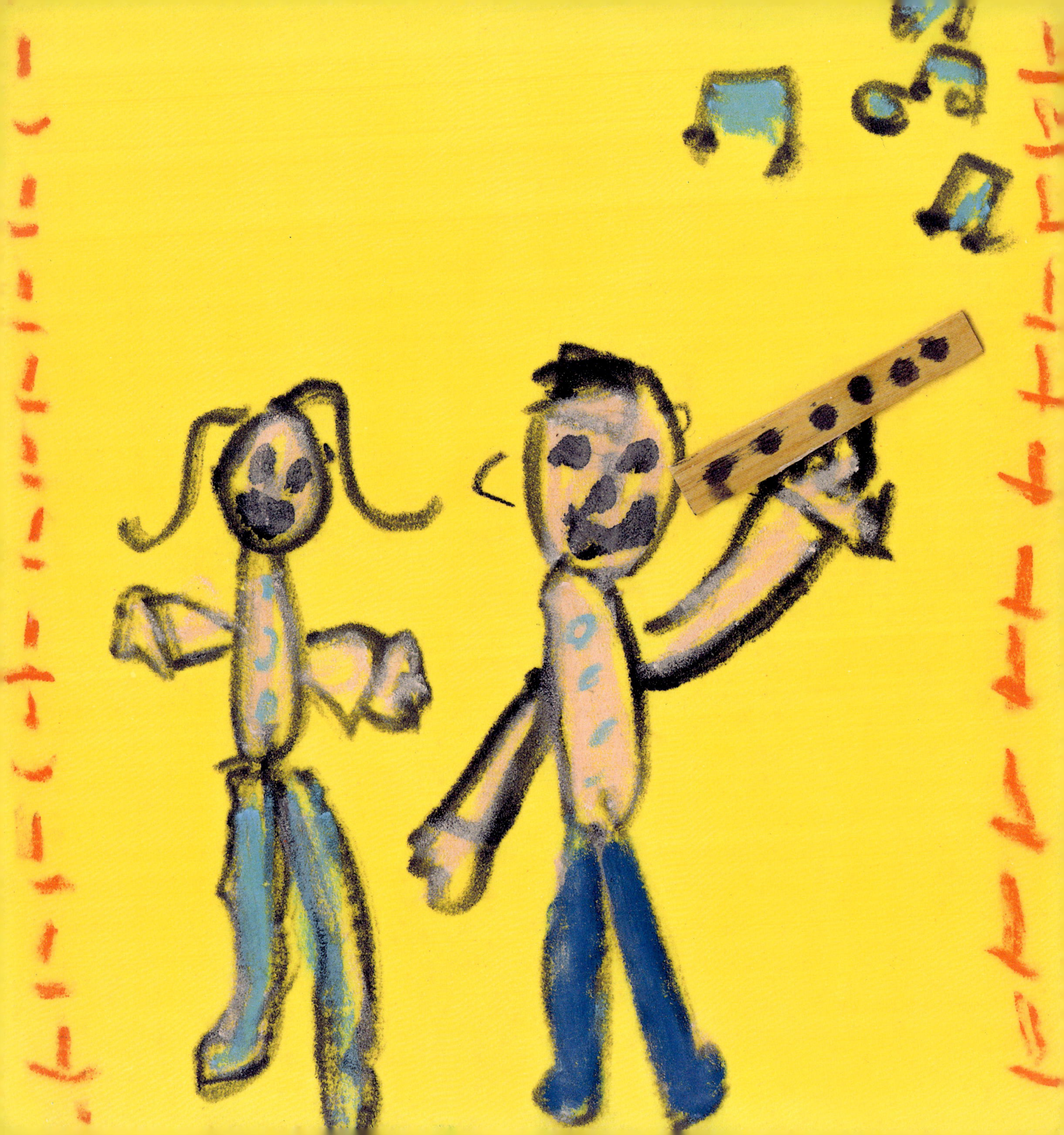

BARTOLO TINHA UMA FLAUTA

BARTOLO TINHA UMA FLAUTA
A FLAUTA ERA DO SEU BARTOLO
SUA MÃE SEMPRE DIZIA
TOCA FLAUTA, SEU...

ILUSTRADO POR
GIUSEPPE BATTISTA

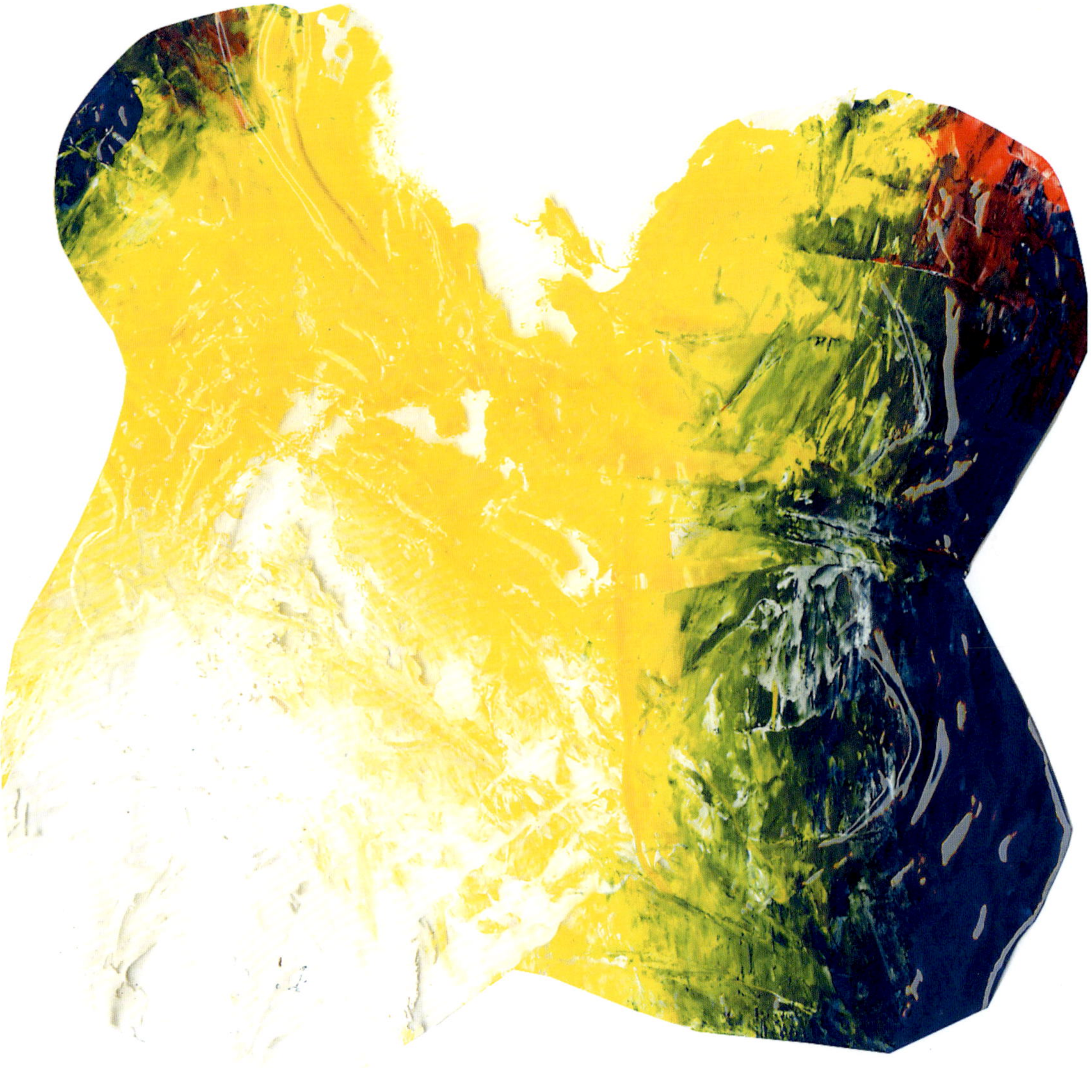

BORBOLETINHA

BORBOLETINHA
TÁ NA COZINHA
FAZENDO CHOCOLATE
PARA A MADRINHA
POTI, POTI
PERNA DE PAU
OLHO DE VIDRO
E NARIZ DE PICA-PAU
PAU-PAU.

ILUSTRADO POR

HENRIQUE ABDALLA CONRADO

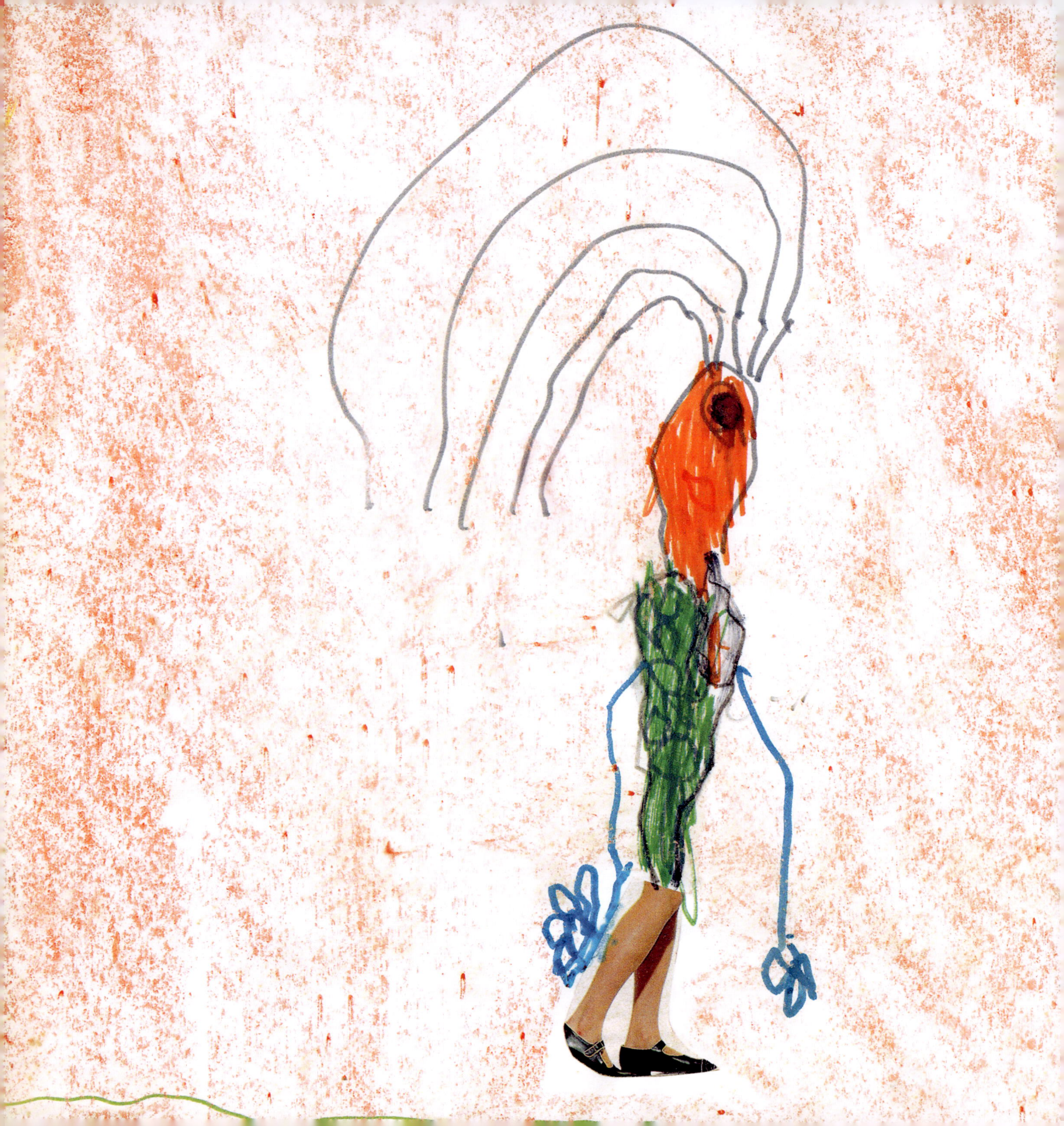

CABEÇA, OMBRO, PERNA E PÉ

CABEÇA, OMBRO, PERNA E PÉ
PERNA E PÉ
CABEÇA, OMBRO, PERNA E PÉ
PERNA E PÉ.

OLHOS, ORELHAS, BOCA E NARIZ
CABEÇA, OMBRO, PERNA E PÉ
PERNA E PÉ.

ILUSTRADO POR

ZANDOR PELTIER

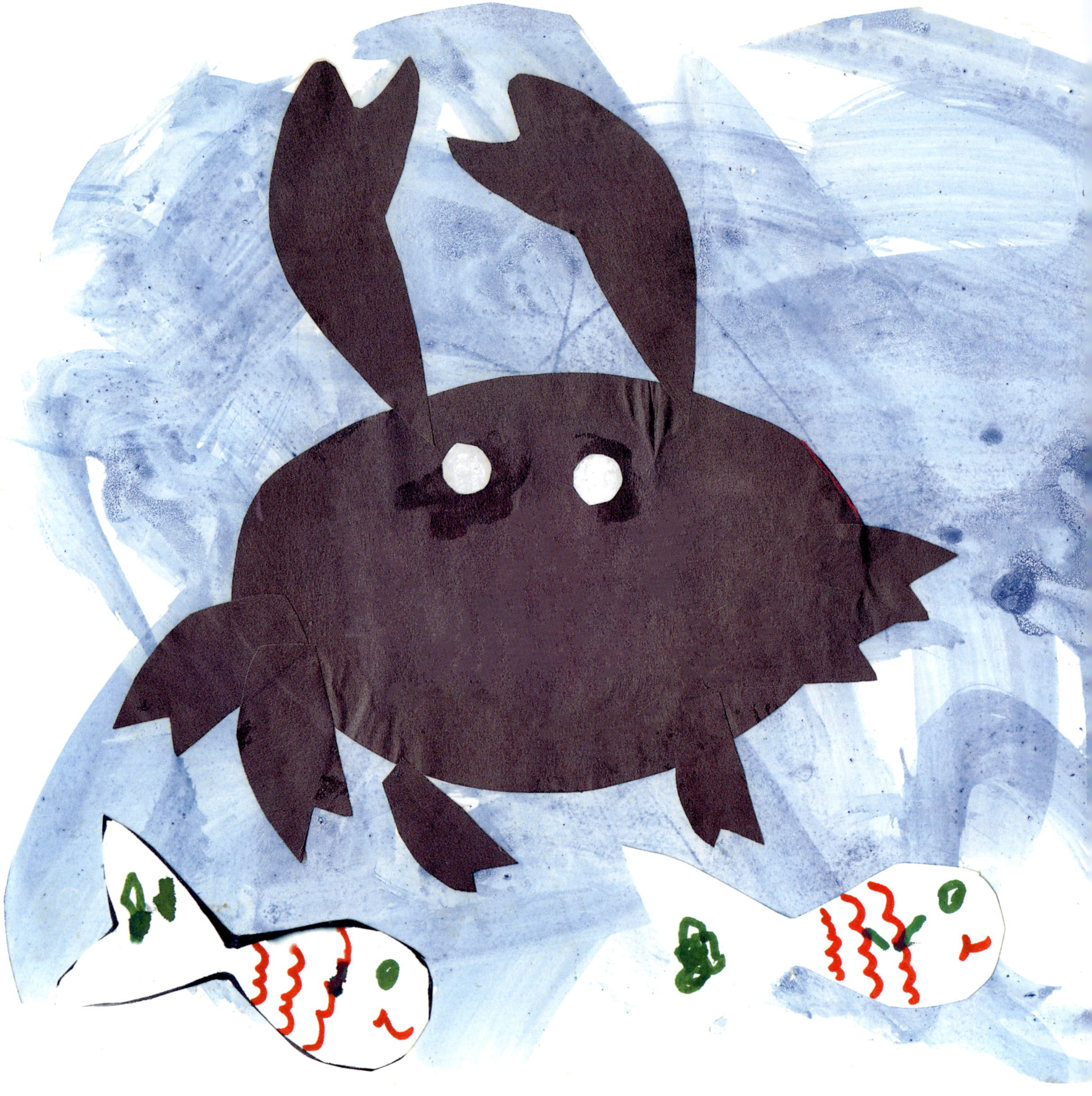

CARANGUEJO

PALMA, PALMA, PALMA
PÉ, PÉ, PÉ
RODA, RODA, RODA
CARANGUEJO PEIXE É.

CARANGUEJO NÃO É PEIXE
CARANGUEJO PEIXE É
CARANGUEJO SÓ É PEIXE
NA ENCHENTE DA MARÉ.

ORA PALMA, PALMA, PALMA
ORA PÉ, PÉ, PÉ
ORA RODA, RODA, RODA
CARANGUEJO PEIXE É!

ILUSTRADO POR

EDUARDO ABDUCH CATELANI

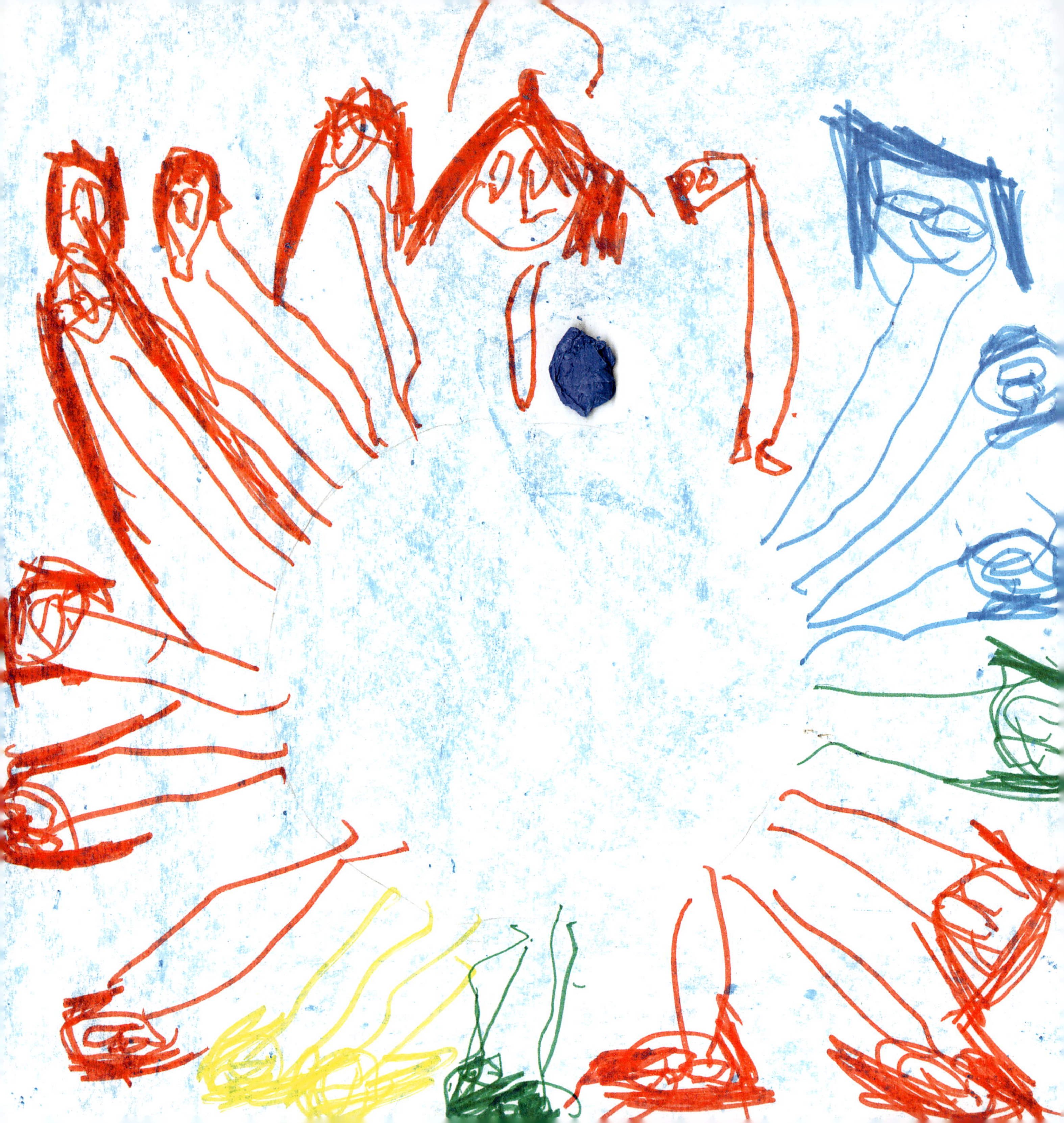

CORRE, COTIA

CORRE, COTIA
NA CASA DA TIA
CORRE, CIPÓ
NA CASA DA AVÓ
LENCINHO NA MÃO
CAIU NO CHÃO
MOÇA BONITA
DO MEU CORAÇÃO
UM, DOIS, TRÊS.

ILUSTRADO POR
VICTORIA MOUAWAD

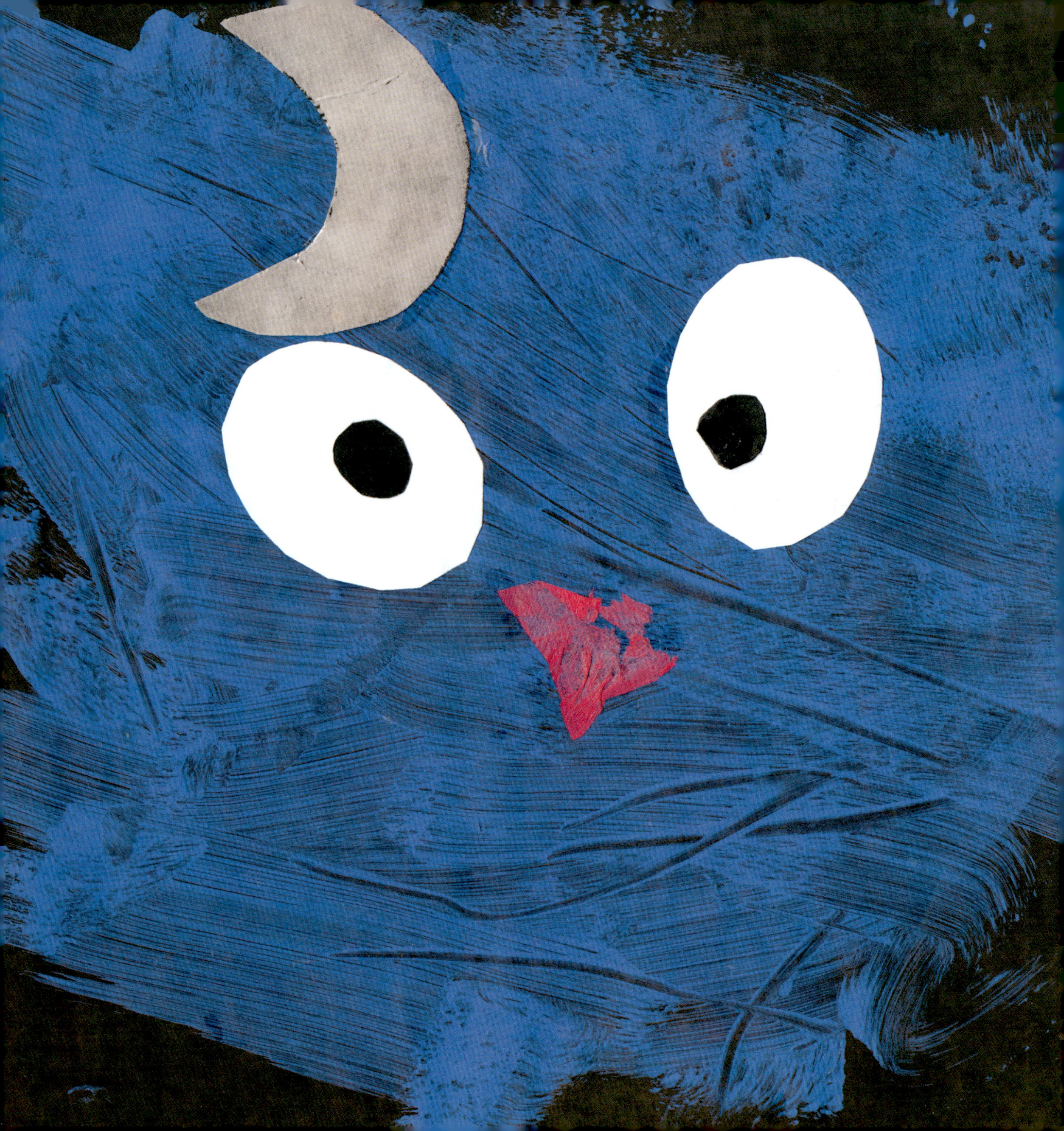

CORUJA

NO MEIO DA FLORESTA
MORAVA UMA CORUJA
E NAS NOITES DE LUA
OUVIAM-SE SEUS GRITOS:
TUI-TU, TUI-TU, TUI-TU, ITU, ITU!!!

ILUSTRADO POR
CONSTANCE VON IGEL DE MELLO

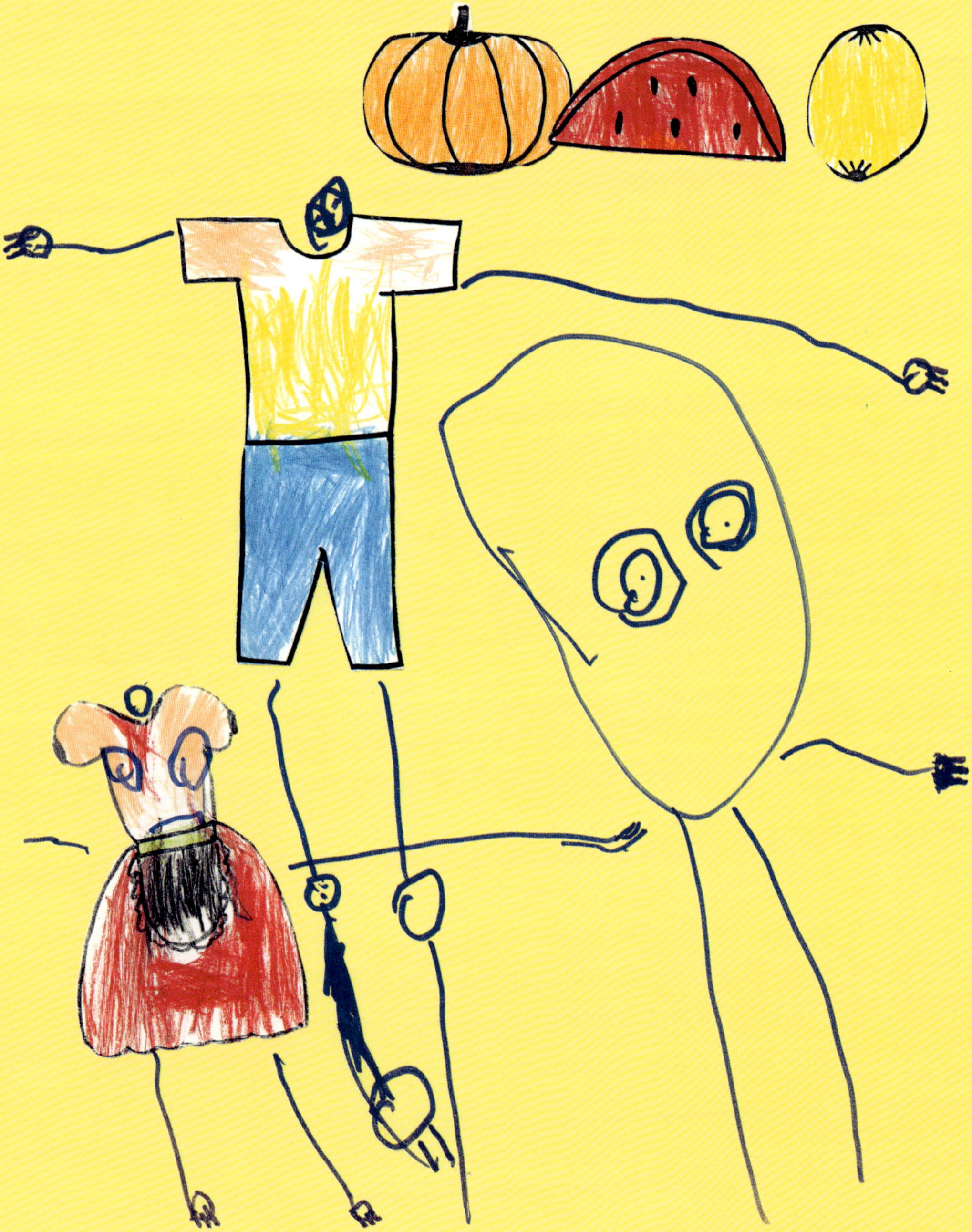

DE ABÓBORA FAZ MELÃO

DE ABÓBORA FAZ MELÃO
DE MELÃO FAZ MELANCIA.

FAZ DOCE, SINHÁ, FAZ DOCE, SINHÁ
FAZ DOCE DE MARACUJÁ.

QUEM QUISER APRENDER A DANÇAR
VAI À CASA DO JUQUINHA
ELE PULA, ELE DANÇA
ELE FAZ REQUEBRADINHA.

ILUSTRADO POR
ANDRÉ ENGELBRECHT GUTIERREZ

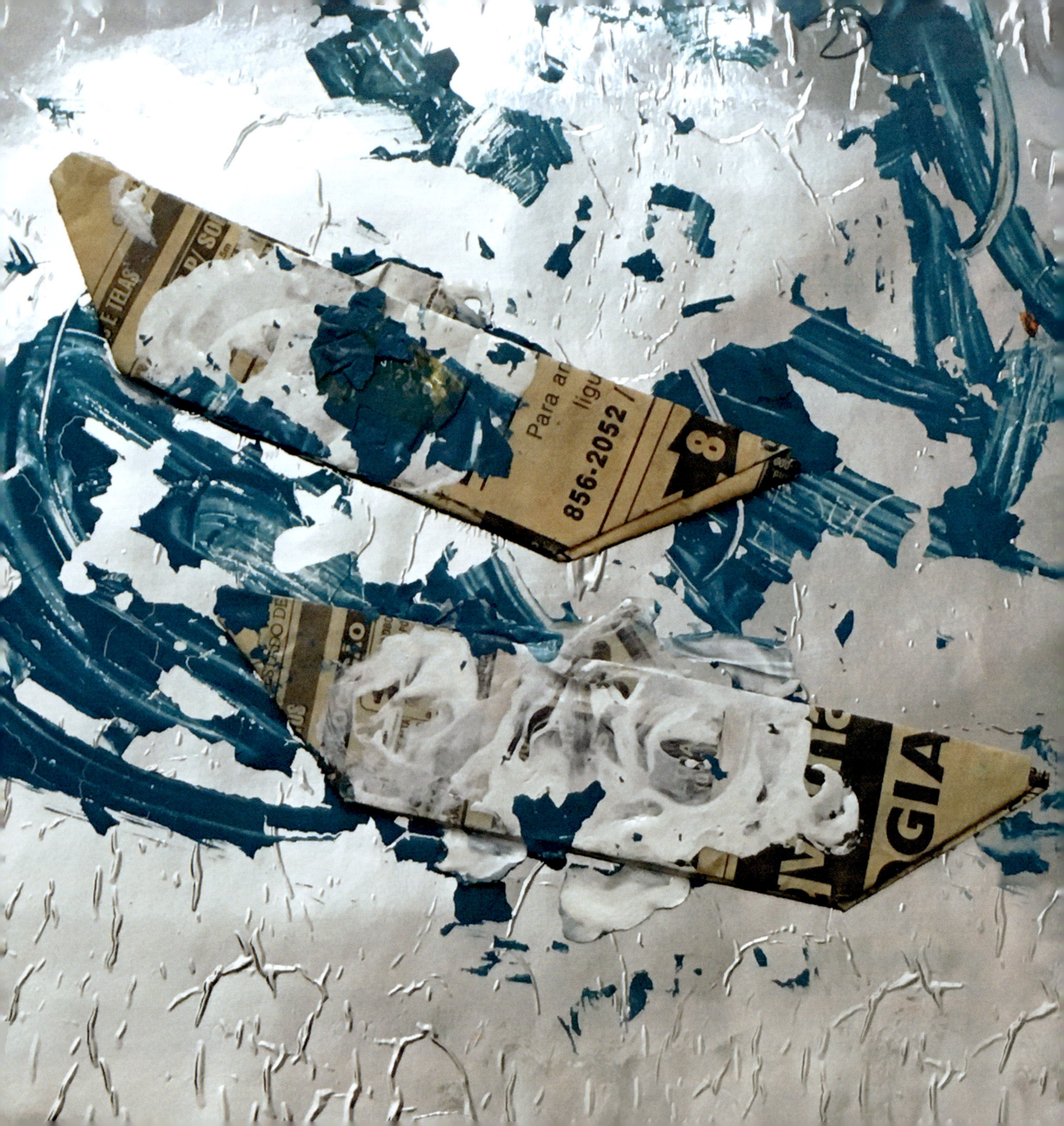
Para
856-2052
GIA

EM ALTO-MAR

EM ALTO-MAR
HAVIA UM MARINHEIRO
COM SUA GUITARRA
GOSTAVA DE TOCAR,
MAS VEIO UMA ONDINHA
LEVOU SUA GUITARRINHA
E O MARINHEIRO
NÃO PÔDE MAIS TOCAR
EM ALTO-MAR.

ILUSTRADO POR

IAN BARCELLOS FERRI SOUZA CARMO

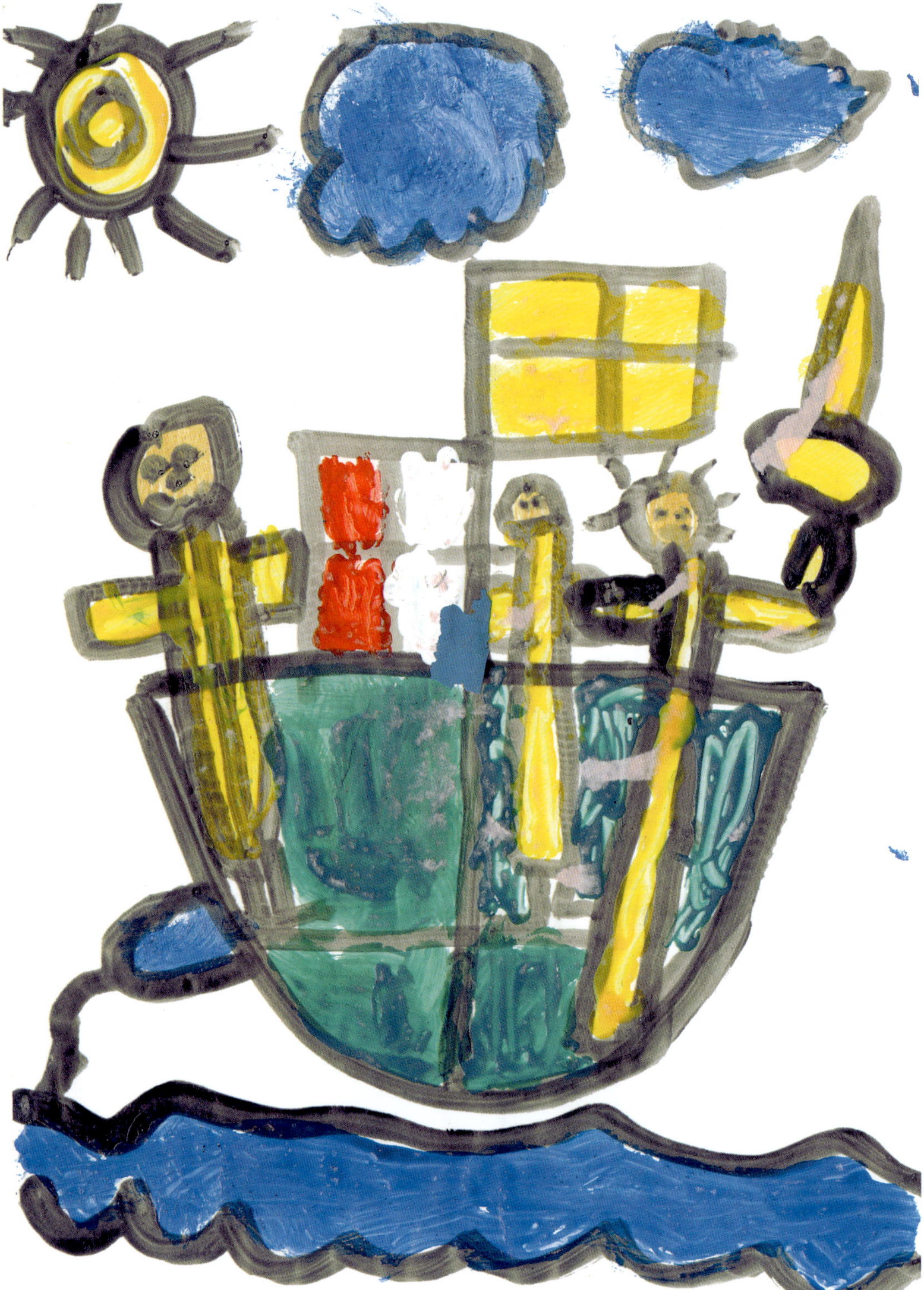

ERA UMA VEZ, TRÊS

ERA UMA VEZ, TRÊS
DOIS PIRATAS
E UM FRANCÊS
O FRANCÊS
PUXOU A ESPADA
OS PIRATAS
SE ARREPIARAM
PENSA QUE MATOU?
VOU LHE CONTAR O QUE SE PASSOU:
ERA UMA VEZ, TRÊS.

ILUSTRADO POR

HENRIQUE ABDALLA CONRADO

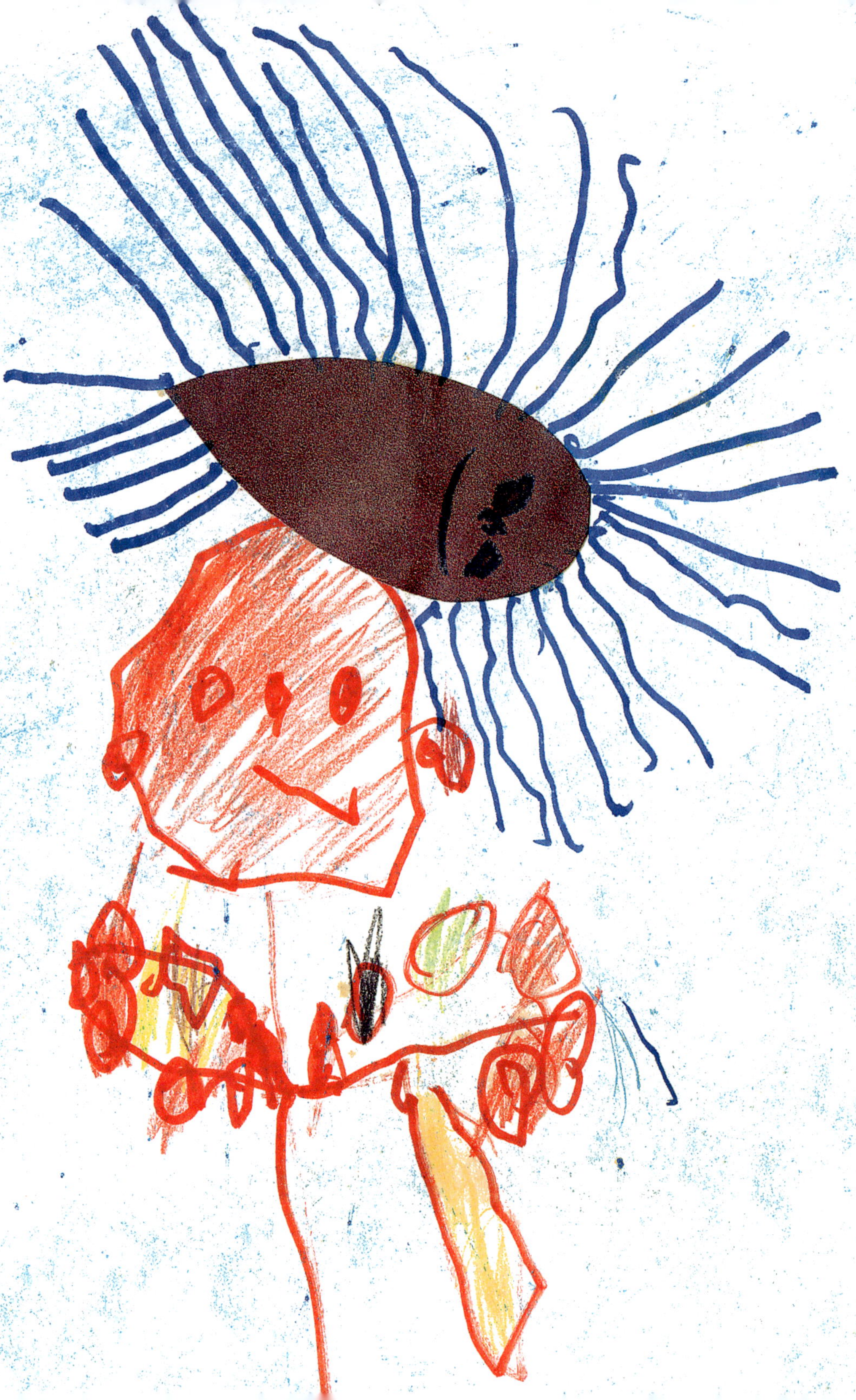

EU VI UMA BARATA

EU VI UMA BARATA
NA CARECA DO VOVÔ
ASSIM QUE ELA ME VIU
BATEU ASAS E VOOU.

SEU JOAQUIM, QUIRIM QUIM
DA PERNA TORTA, TA RA TA
DANÇANDO CONGA, RA GA
CO'A MARICOTA, RA TA.

ILUSTRADO POR

THIAGO DE OLIVEIRA CHAZAN BREITBARG

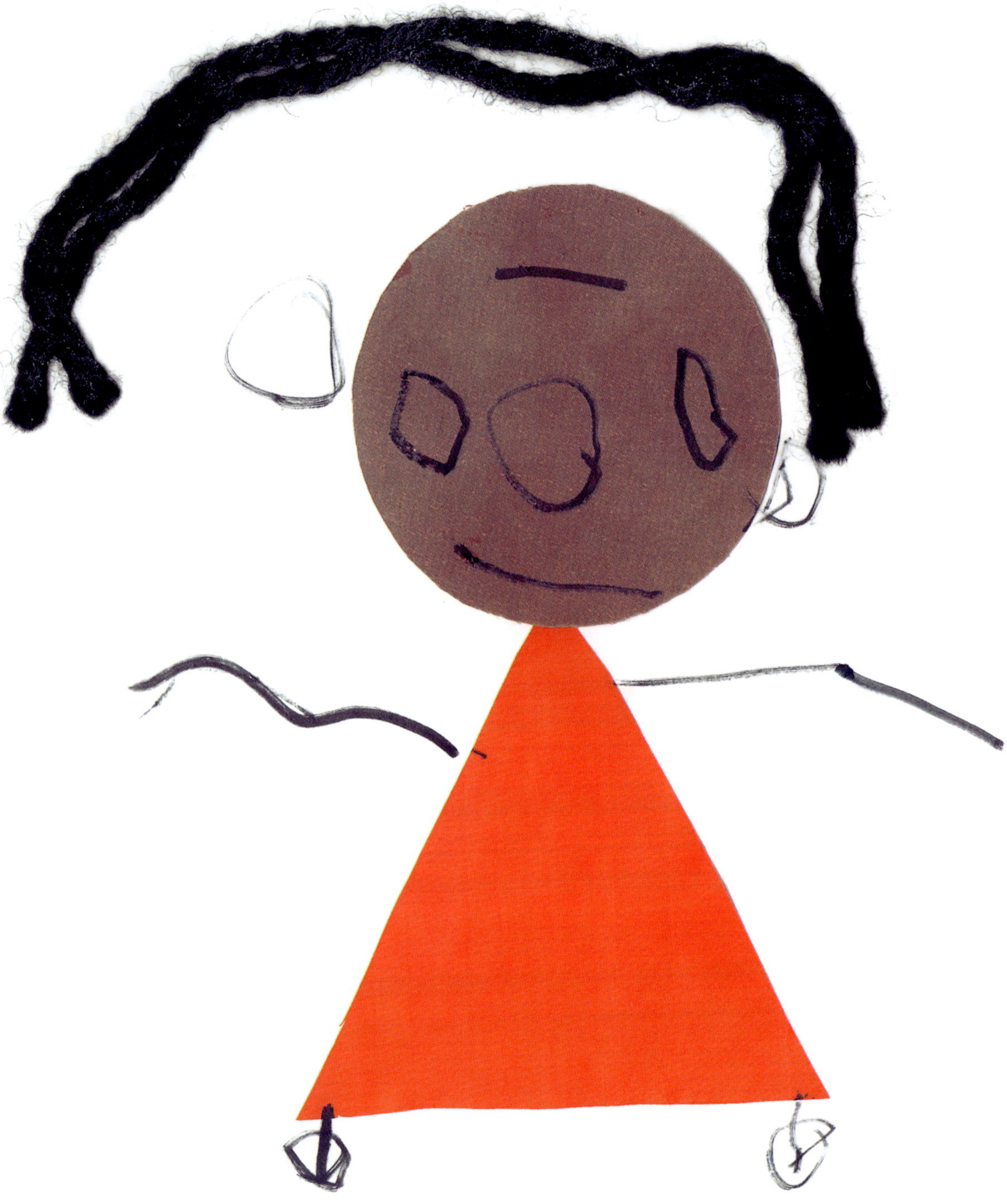

FUI NO ITORORÓ

FUI NO ITORORÓ
BEBER ÁGUA, NÃO ACHEI
ACHEI BELA MORENA
QUE NO ITORORÓ DEIXEI.

APROVEITA, MINHA GENTE,
QUE UMA NOITE NÃO É NADA
SE NÃO DORMIR AGORA
DORMIRÁ DE MADRUGADA.

OH! DONA MARIA!
OH! MARIAZINHA!
ENTRARÁS NA RODA
OU FICARÁS SOZINHA.

SOZINHO EU NÃO FICO
NEM HEI DE FICAR
PORQUE EU TENHO MARIA
PARA SER MEU PAR.

ILUSTRADO POR
OTÁVIO ALVES MATTOS

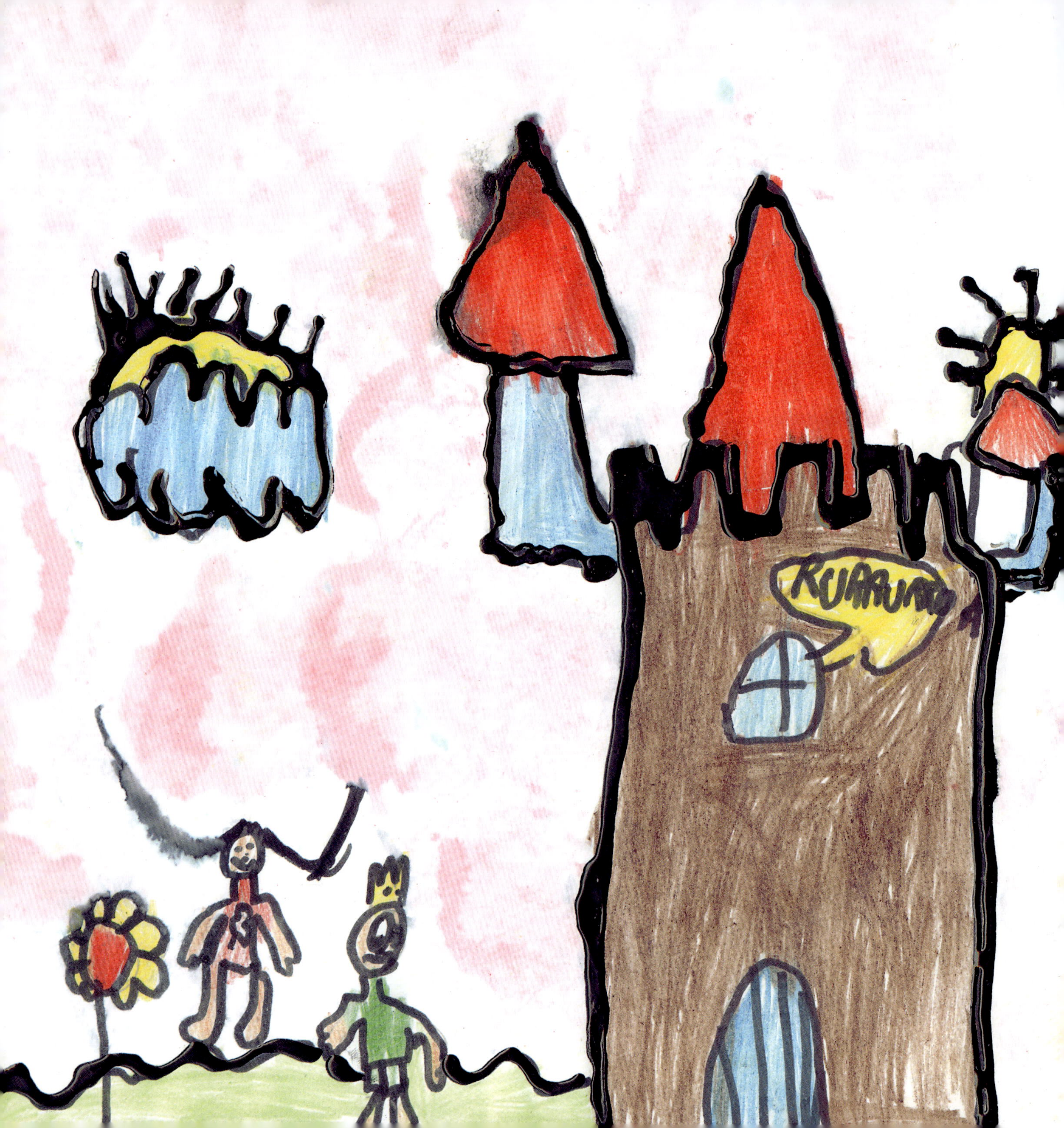

LINDA ROSA JUVENIL

A LINDA ROSA JUVENIL,
JUVENIL, JUVENIL
VIVIA ALEGRE NO SEU LAR,
NO SEU LAR, NO SEU LAR
UM DIA VEIO A BRUXA MÁ,
MUITO MÁ, MUITO MÁ
E ADORMECEU A ROSA ASSIM,
BEM ASSIM, BEM ASSIM
E O MATO CRESCEU AO REDOR,
AO REDOR, AO REDOR

E O TEMPO PASSOU A CORRER,
A CORRER, A CORRER
UM DIA VEIO UM BELO REI,
BELO REI, BELO REI
E DESPERTOU A ROSA ASSIM,
BEM ASSIM, BEM ASSIM
E OS DOIS PUSERAM-SE A DANÇAR,
A DANÇAR, A DANÇAR
E BATAM PALMAS PARA O REI,
PARA O REI, PARA O REI.

ILUSTRADO POR
KHALIL DE CASTRO FARAH

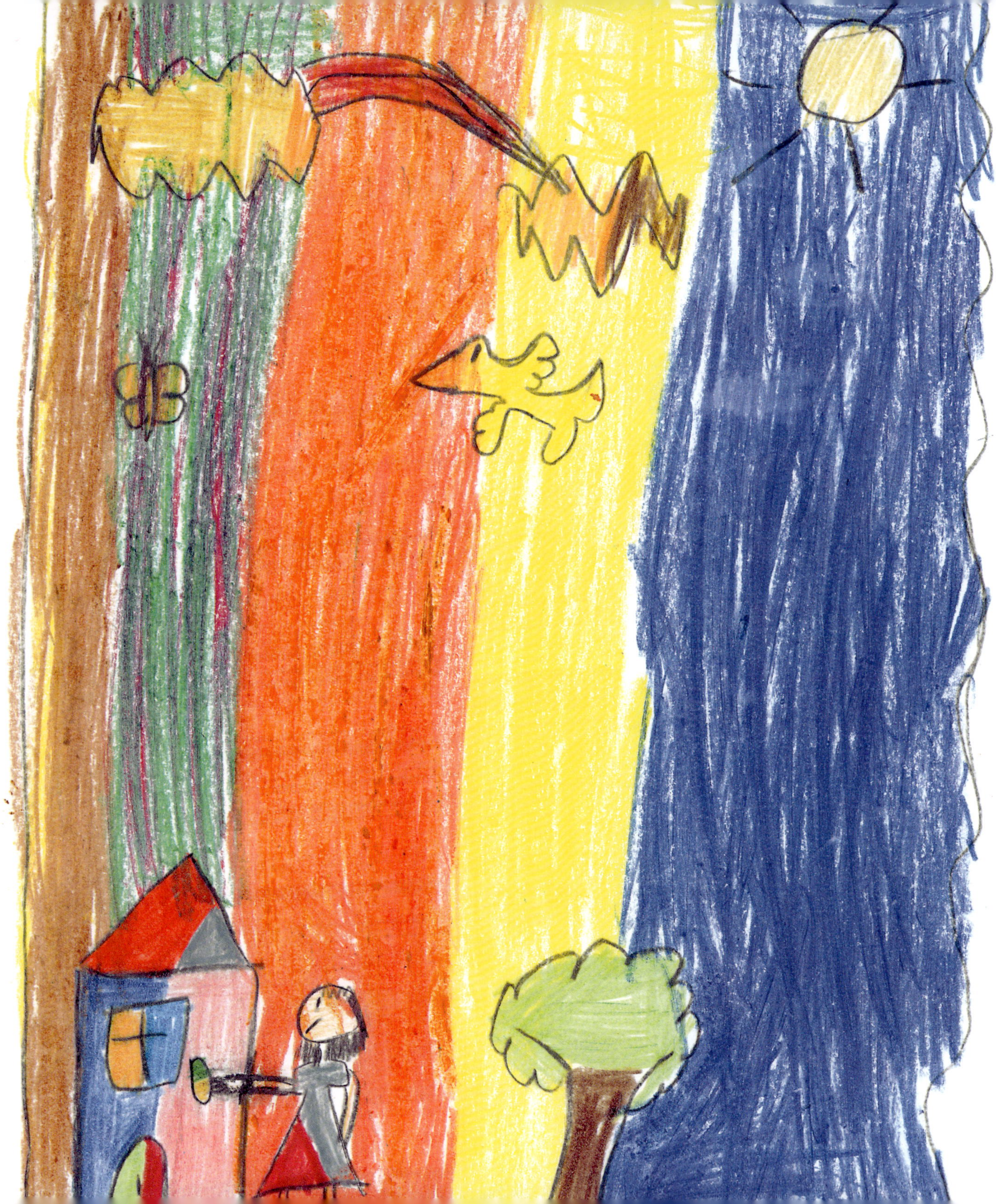

MAZU

PARA DENTRO E PARA FORA
MAZU! MAZU!
PARA DENTRO E PARA FORA
MAZU! MAZU! MAZU!

EU LAVO ESTAS JANELAS
MAZU! MAZU!
EU LAVO ESTAS JANELAS
MAZU! MAZU! MAZU!
EU NÃO SEI LAVAR
EU PINTO ESTA PAREDE

...

?

EU DANÇO ENGRAÇADINHO

...

EU A TIRO DA RODA

...

EU A DEIXO NA RODA

...

ILUSTRADO POR

DÉBORA CABRAL DE CARVALHO CORREA

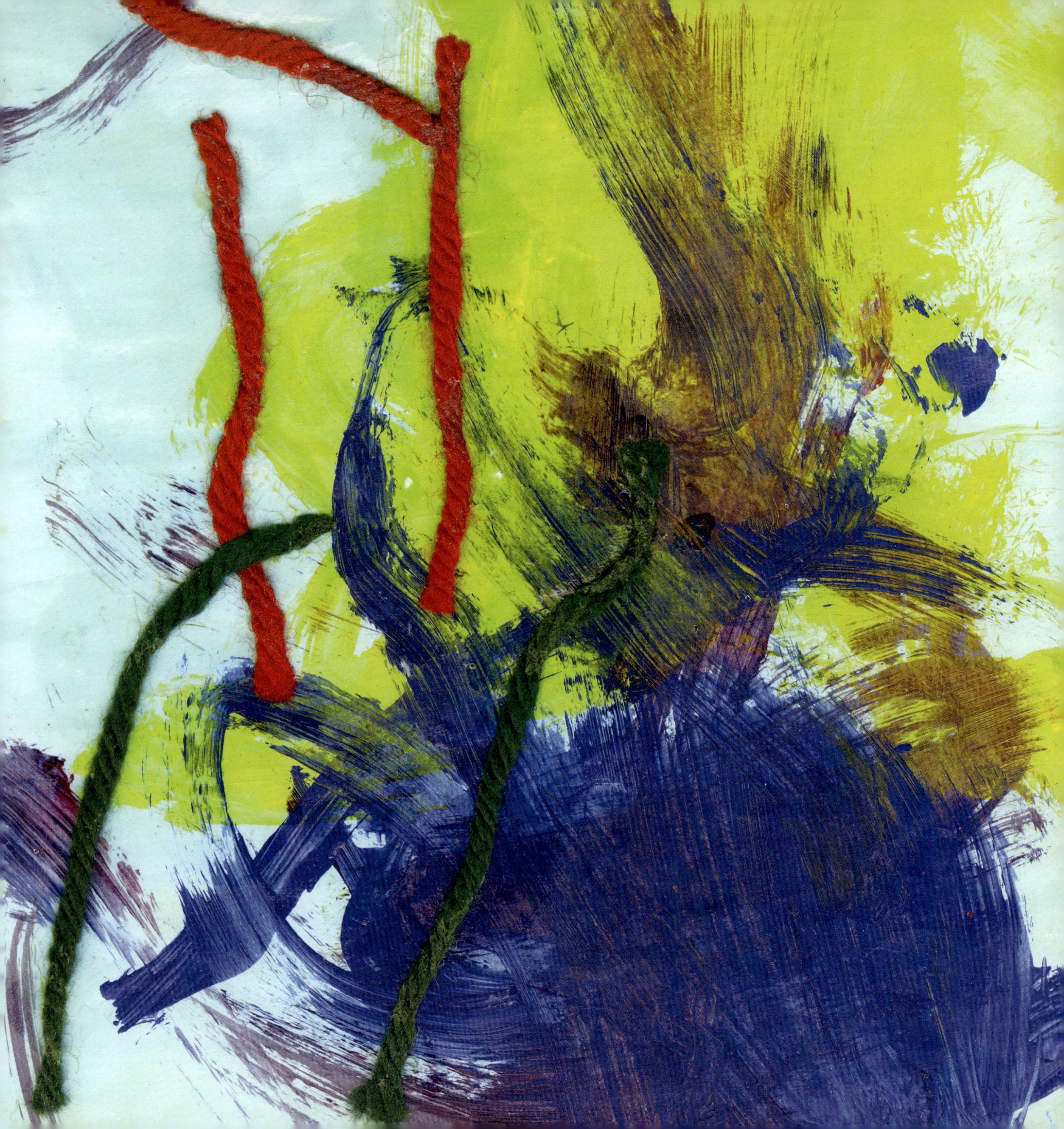

MINHOCA

MINHOCA, MINHOCA,
ME DÁ UMA BEIJOCA.
NÃO DOU, NÃO DOU, NÃO DOU.
ENTÃO EU VOU ROUBAR
(SMACK!)

MINHOCO, MINHOCO,
CÊ TÁ FICANDO LOUCO
VOCÊ BEIJOU ERRADO
A BOCA É DO OUTRO LADO!

ILUSTRADO POR

RAFAEL MINERBO

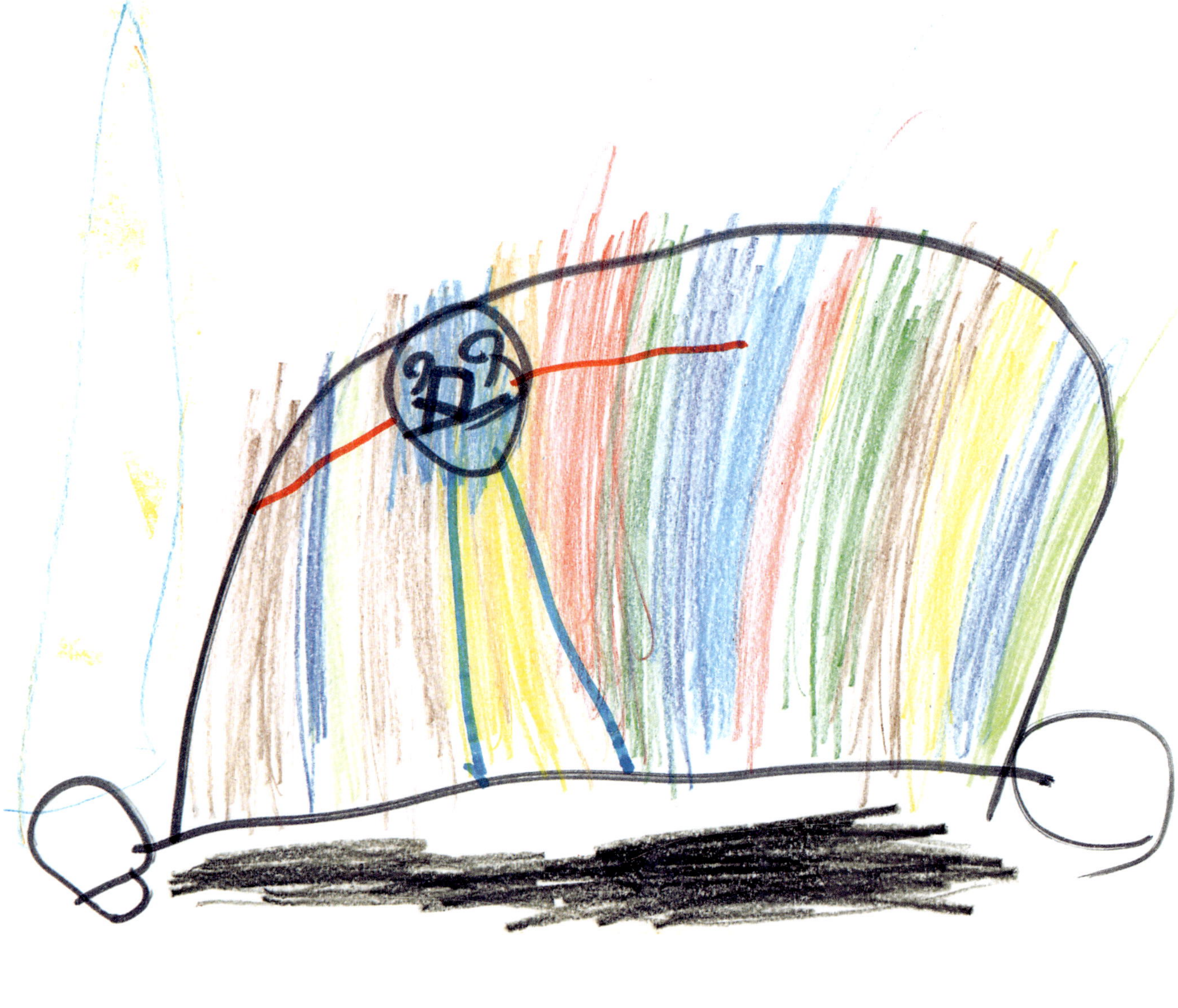

MOTORISTA

MOTORISTA, MOTORISTA
OLHA A PISTA
OLHA A PISTA
NÃO É DE SALSICHA
NÃO É DE SALSICHA
NÃO É NÃO
NÃO É NÃO.

MOTORISTA, MOTORISTA
OLHA O POSTE
OLHA O POSTE
NÃO É DE BORRACHA
NÃO É DE BORRACHA
NÃO É NÃO
NÃO É NÃO.

ILUSTRADO POR
GIANCARLO PELLEGRINI GRANITO

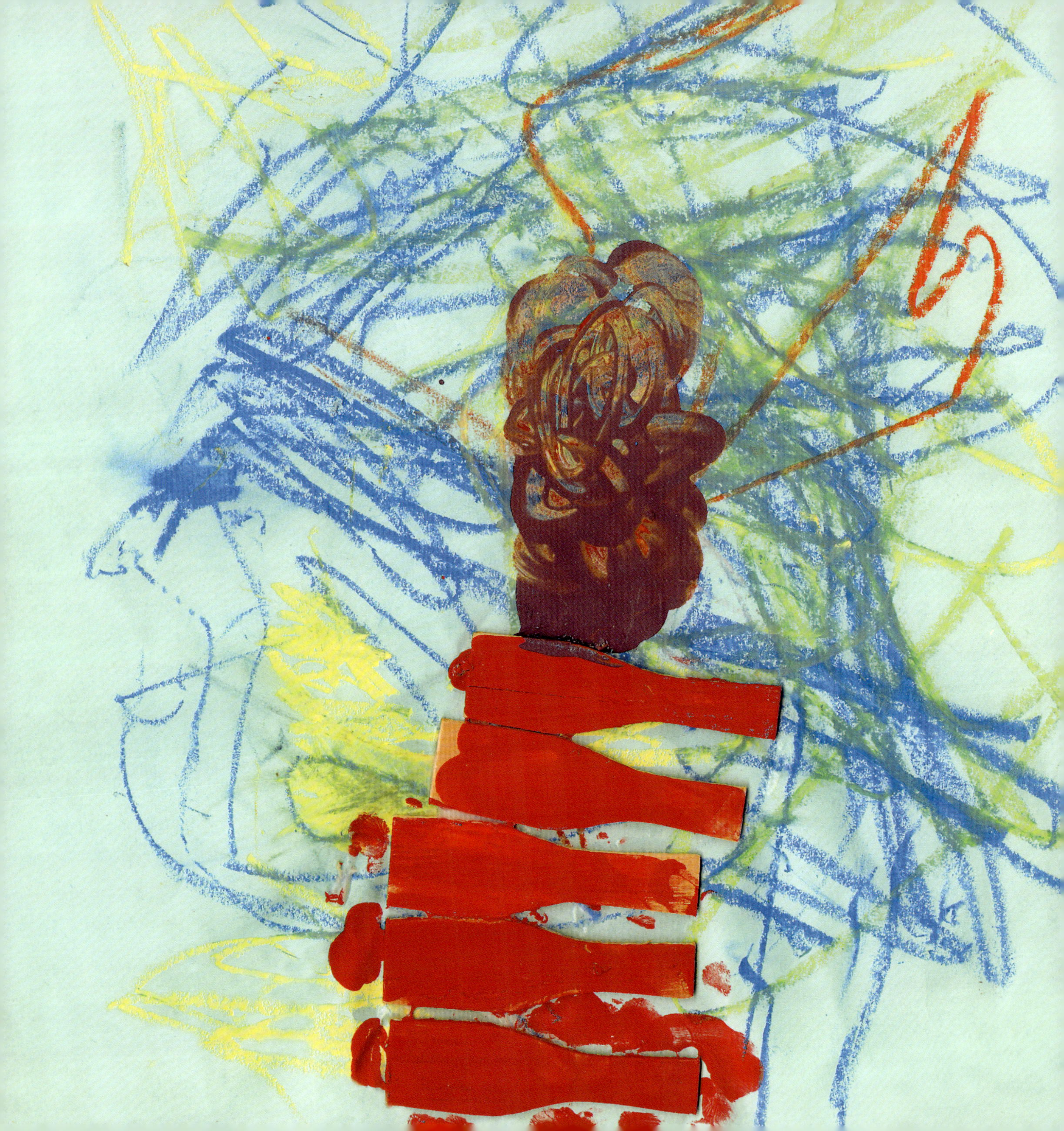

NA CHAMINÉ

EU VI A
(NOME DA PESSOA)
NA CHAMINÉ
TÃO PEQUENINA
FAZENDO CAFÉ.

É DE CHÁ, CHÁ, CHÁ
É DE LÁ, LÁ, LÁ.

ILUSTRADO POR

MARIA VITÓRIA ROYER MOURA

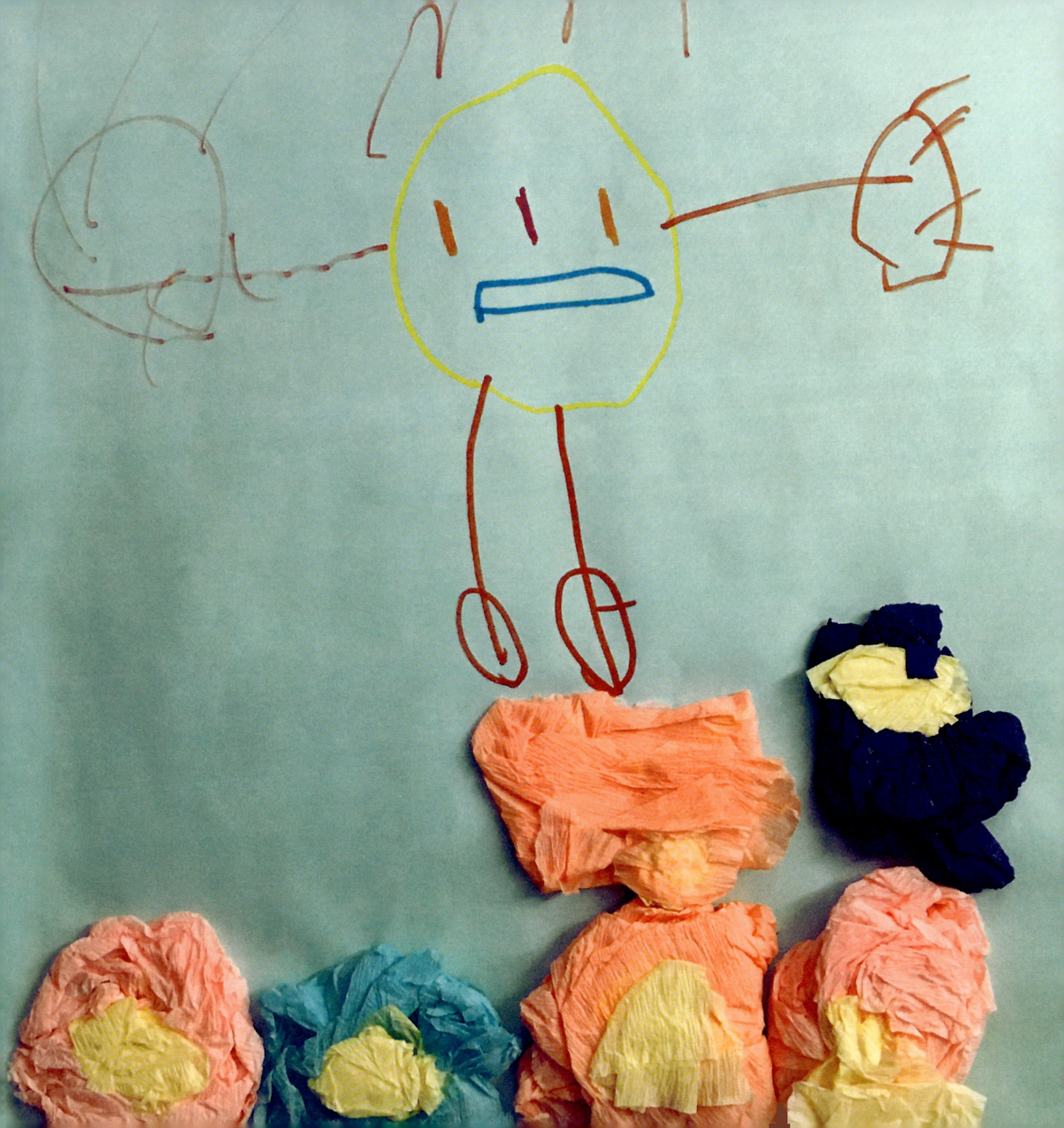

NO FUNDO DO MEU QUINTAL

NO FUNDO DO MEU QUINTAL
ENCONTREI A MARIQUINHA
APANHANDO LINDAS FLORES
LINDAS FLORES PRA ME DAR.

LINDAS FLORES
PRO CASAMENTO
MARIQUINHA VAI SE CASAR
MARIQUINHA, DEIXE DISSO
DEIXE DISSO, OLHE LÁ.

ILUSTRADO POR

GIOVANNA JULIETE COELHO MATTOS

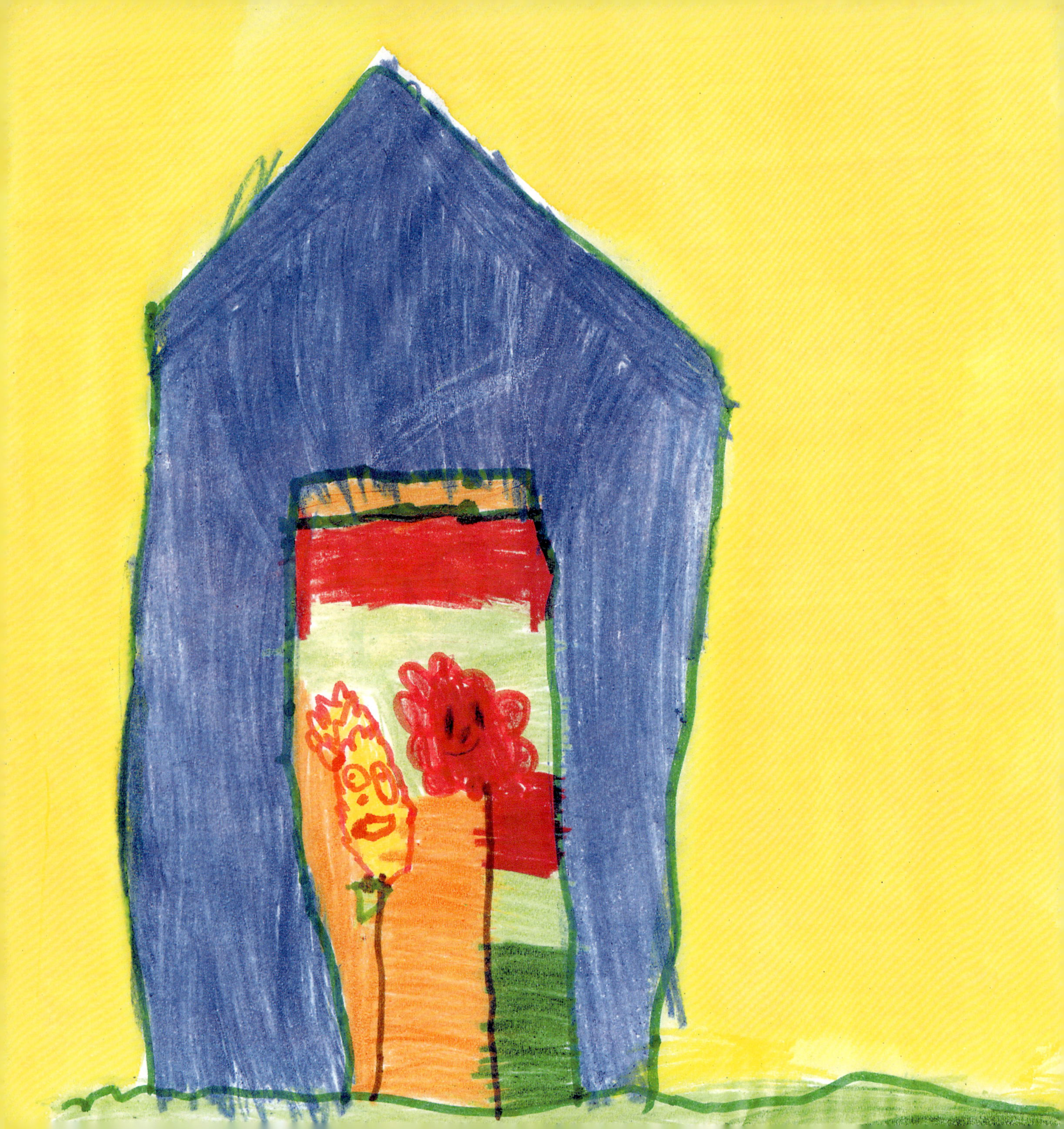

O CRAVO E A ROSA

O CRAVO BRIGOU COM A ROSA
DEBAIXO DE UMA SACADA
O CRAVO SAIU FERIDO
E A ROSA DESPETALADA.

O CRAVO FICOU DOENTE
E A ROSA FOI VISITAR
O CRAVO TEVE UM DESMAIO
E A ROSA PÔS-SE A CHORAR.

ILUSTRADO POR
THIAGO GRACIANI DOS SANTOS

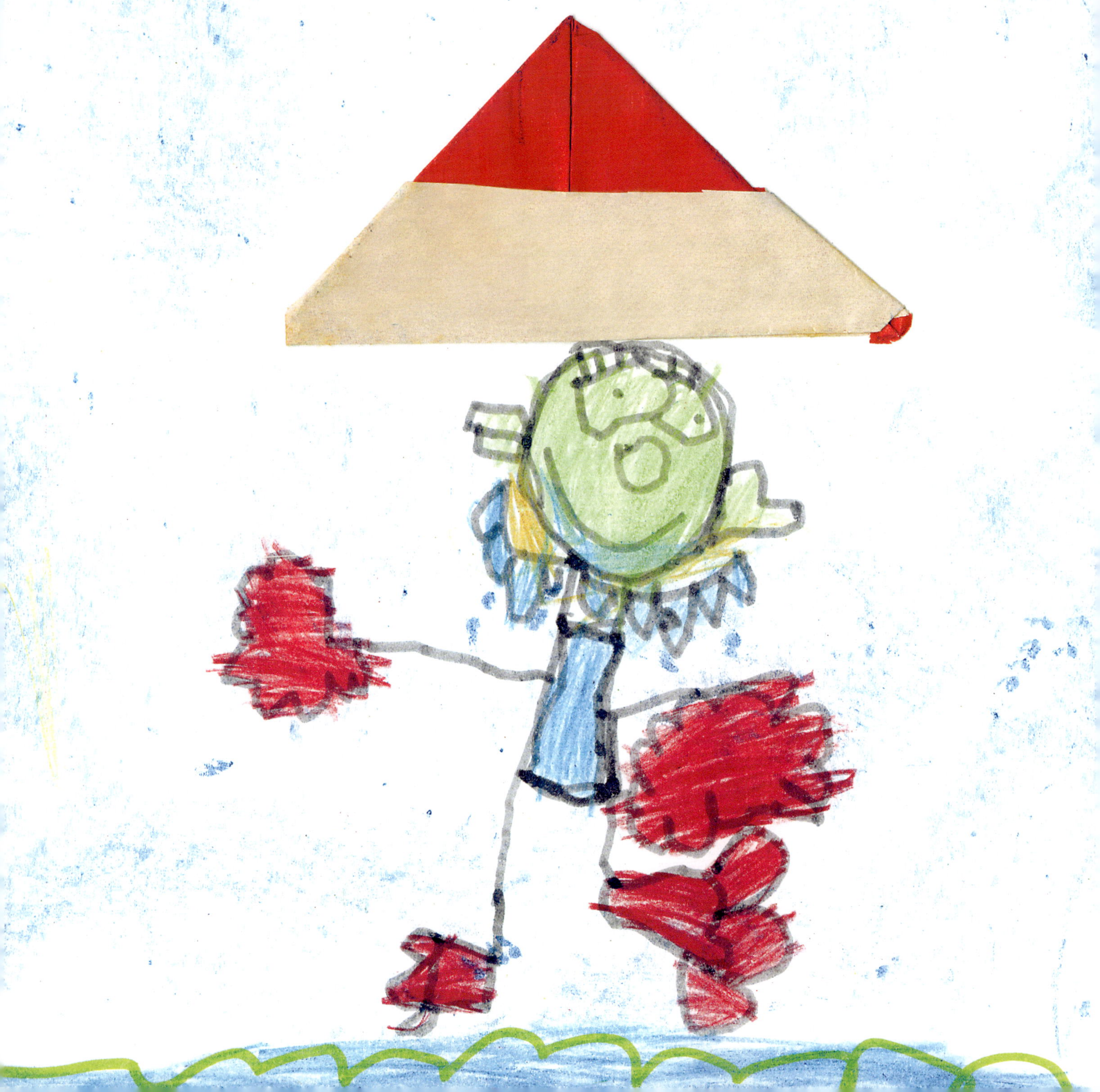

O MEU CHAPÉU

O MEU CHAPÉU TEM TRÊS PONTAS
TEM TRÊS PONTAS O MEU CHAPÉU
SE NÃO TIVESSE TRÊS PONTAS
NÃO SERIA O MEU CHAPÉU.

ILUSTRADO POR
THAIS MOREIRA NUNES

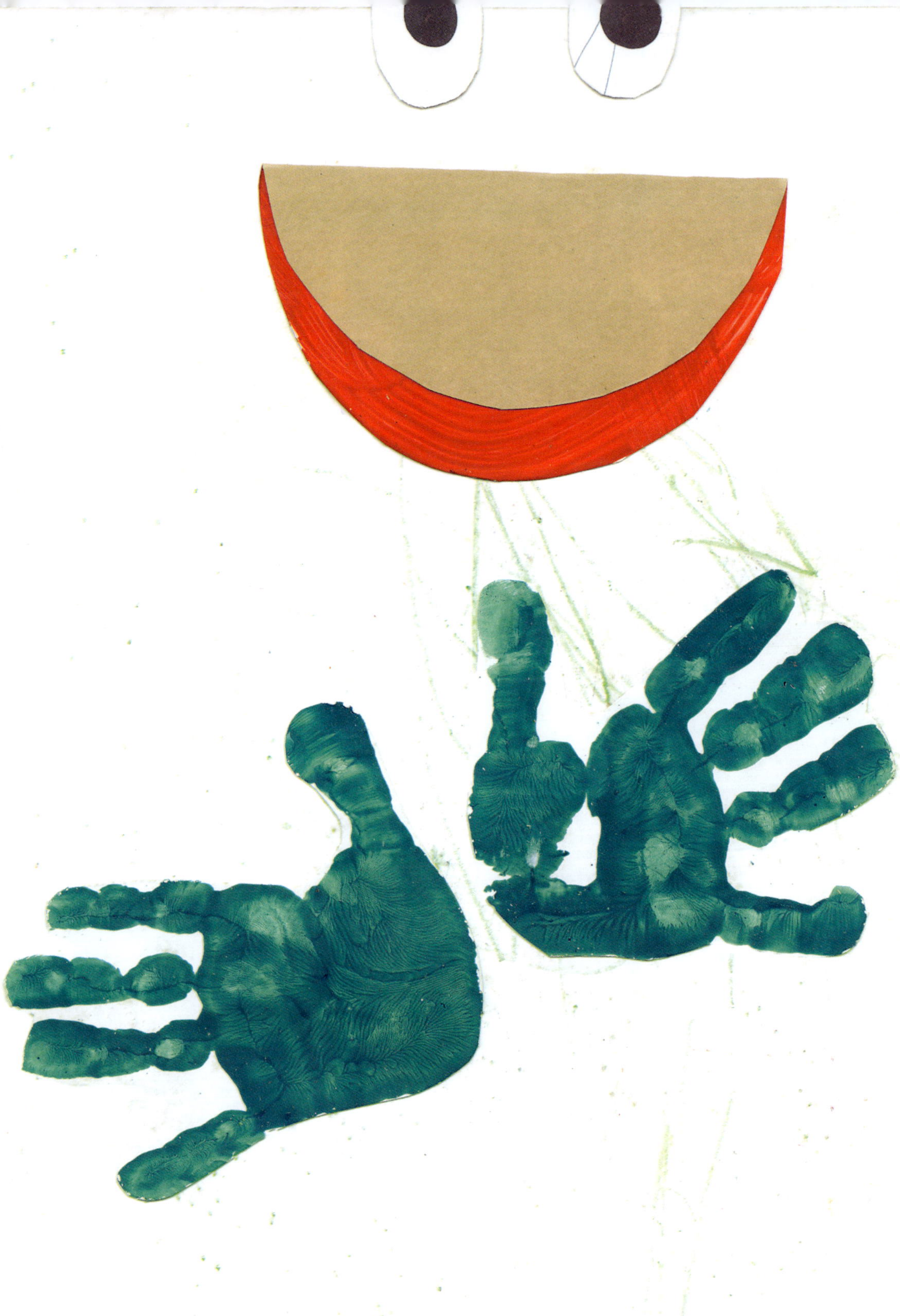

O SAPO NÃO LAVA O PÉ

O SAPO NÃO LAVA O PÉ
NÃO LAVA PORQUE NÃO QUER
ELE MORA LÁ NA LAGOA
NÃO LAVA O PÉ
PORQUE NÃO QUER
MAS QUE CHULÉ!

ILUSTRADO POR

BEATRIZ NASCIMENTO
FIGUEIREDO LEBRE MARTINS

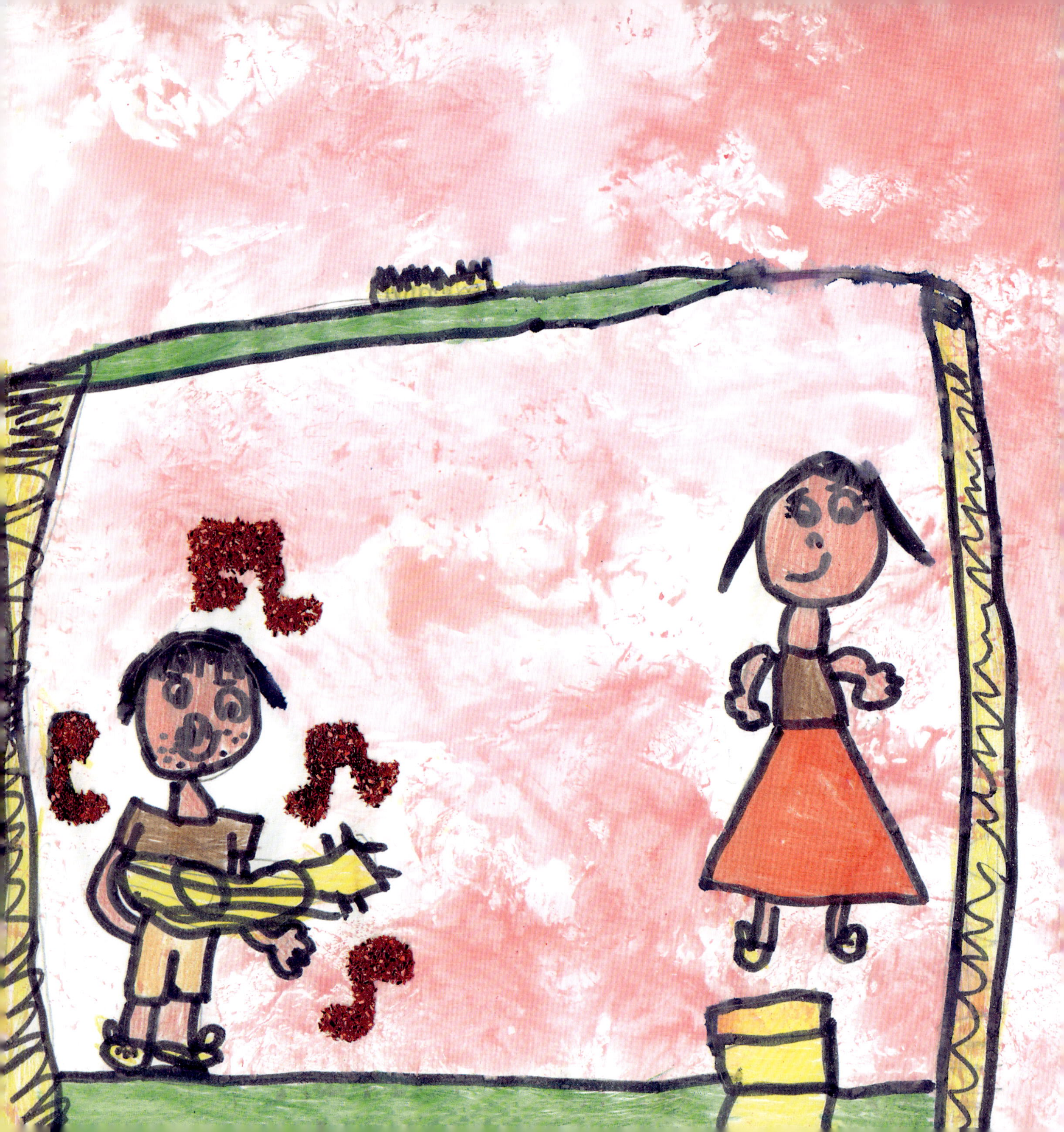

PAI FRANCISCO

PAI FRANCISCO ENTROU NA RODA
TOCANDO SEU VIOLÃO
PARARÃO, DÃO, DÃO

E VEM DE LÁ SEU DELEGADO
E PAI FRANCISCO FOI PRA PRISÃO

COMO ELE VEM TODO REQUEBRADO
PARECE UM BONECO DESENGONÇADO.

ILUSTRADO POR
JÚLIA MOTTA CASTRO DE SOUZA

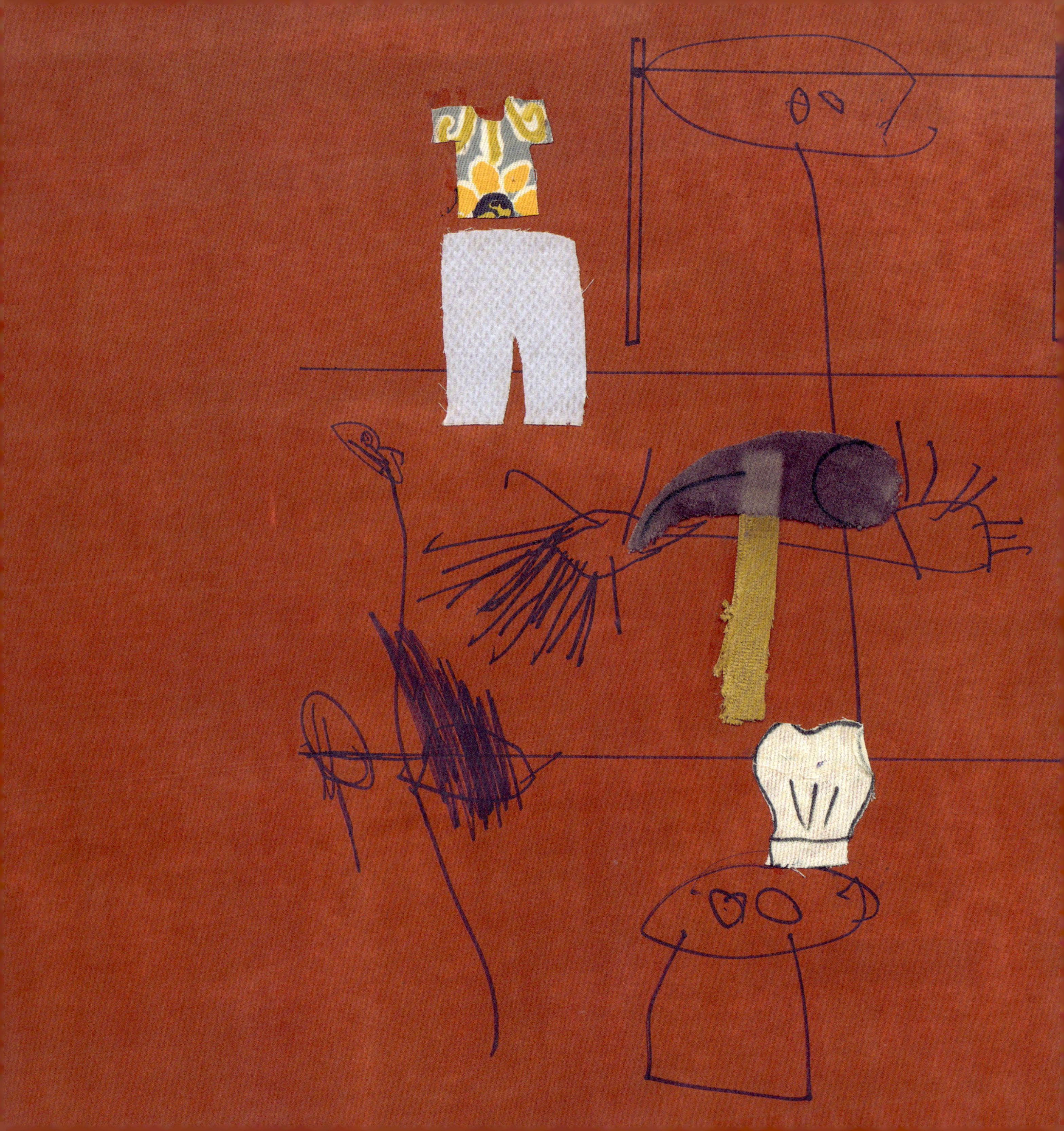

PASSA, PASSA GAVIÃO

PASSA, PASSA GAVIÃO
TODO MUNDO PASSA
PASSA, PASSA GAVIÃO
TODO MUNDO PASSA
AS LAVADEIRAS
FAZEM ASSIM
AS LAVADEIRAS
FAZEM ASSIM
ASSIM, ASSIM
ASSIM, ASSIM...

PASSA, PASSA GAVIÃO
TODO MUNDO PASSA
PASSA, PASSA GAVIÃO
TODO MUNDO PASSA
OS SAPATEIROS
FAZEM ASSIM
OS SAPATEIROS
FAZEM ASSIM
ASSIM, ASSIM
ASSIM, ASSIM...

PASSA, PASSA GAVIÃO
TODO MUNDO PASSA
PASSA, PASSA GAVIÃO
TODO MUNDO PASSA
AS COZINHEIRAS FAZEM ASSIM
AS COZINHEIRAS FAZEM ASSIM
ASSIM, ASSIM
ASSIM, ASSIM
ASSIM, ASSADO
CARNE-SECA COM ENSOPADO.

ILUSTRADO POR
GIULIANA MASTROPIETRO BORSARI

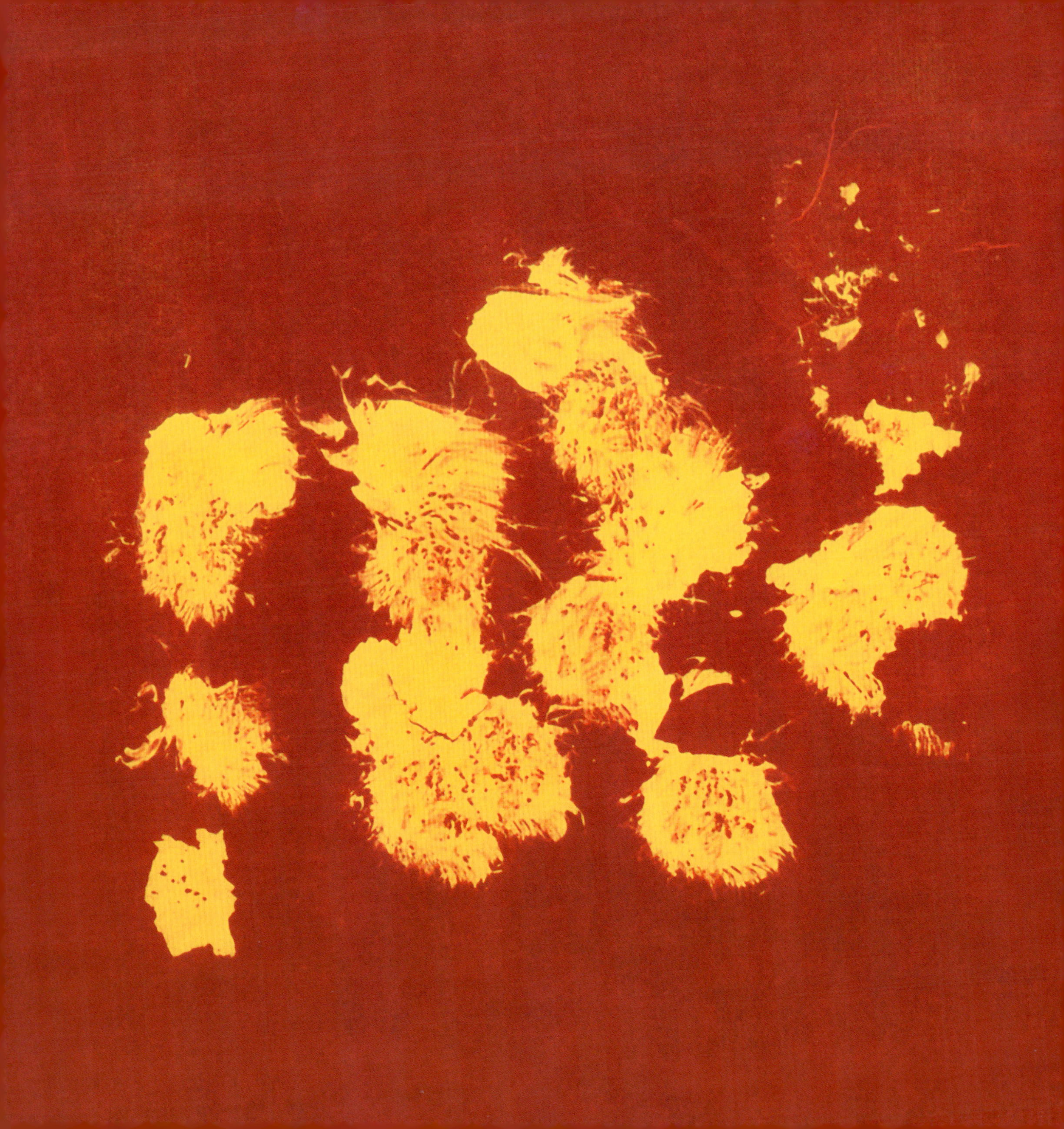

PIPOQUINHA

PULA, PULA,
PIPOQUINHA,
PULA, PULA,
SEM PARAR
E DEPOIS DÁ
UMA VOLTINHA
CADA UM NO
SEU LUGAR.

ILUSTRADO POR

THAIS HORTA

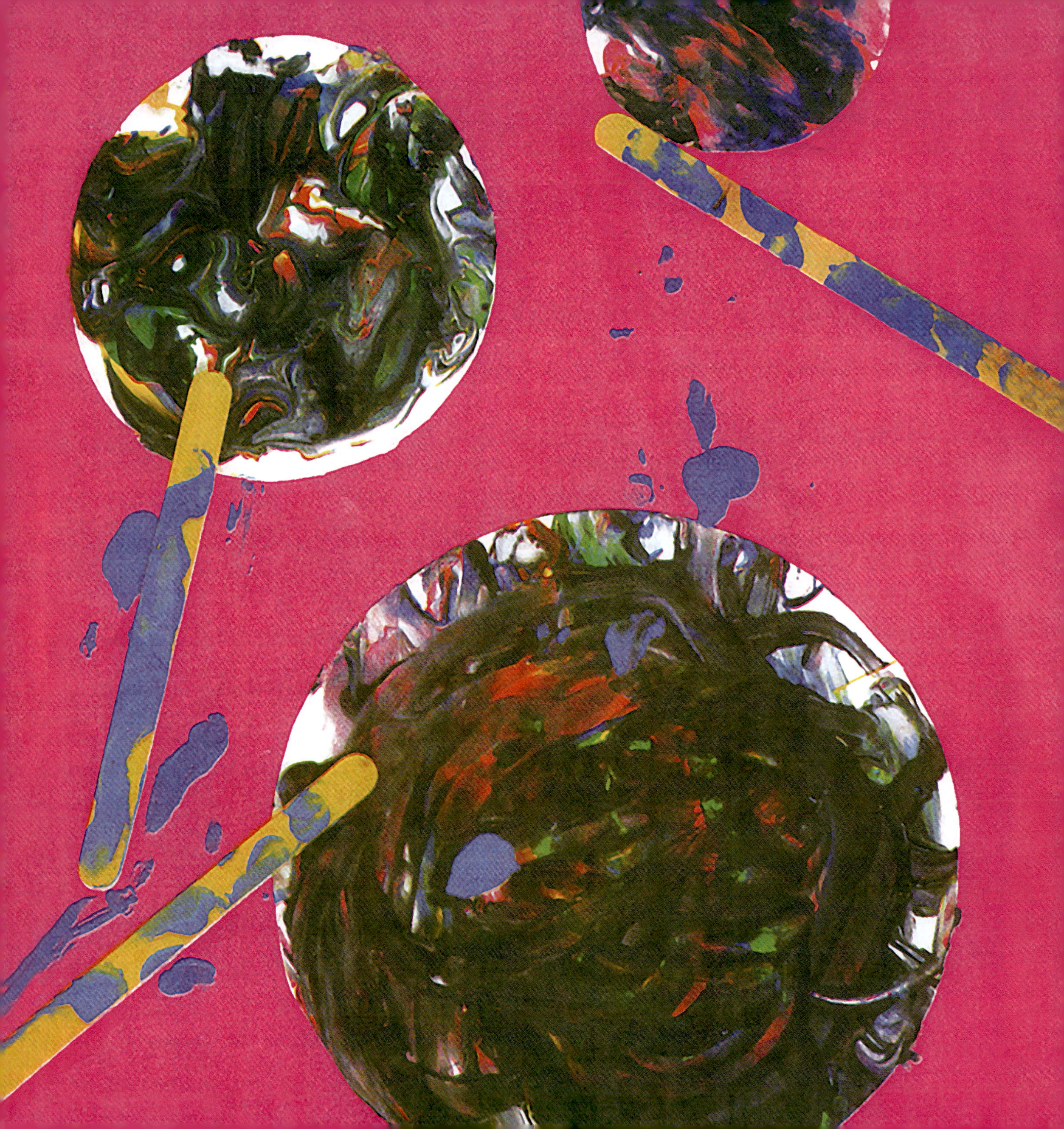

PIRULITO

PIRULITO QUE BATE, BATE
PIRULITO QUE JÁ BATEU
QUEM GOSTA DE MIM É ELA
QUEM GOSTA DELA SOU EU.

ILUSTRADO POR
BRUNO RODRIGUES DE ARAÚJO

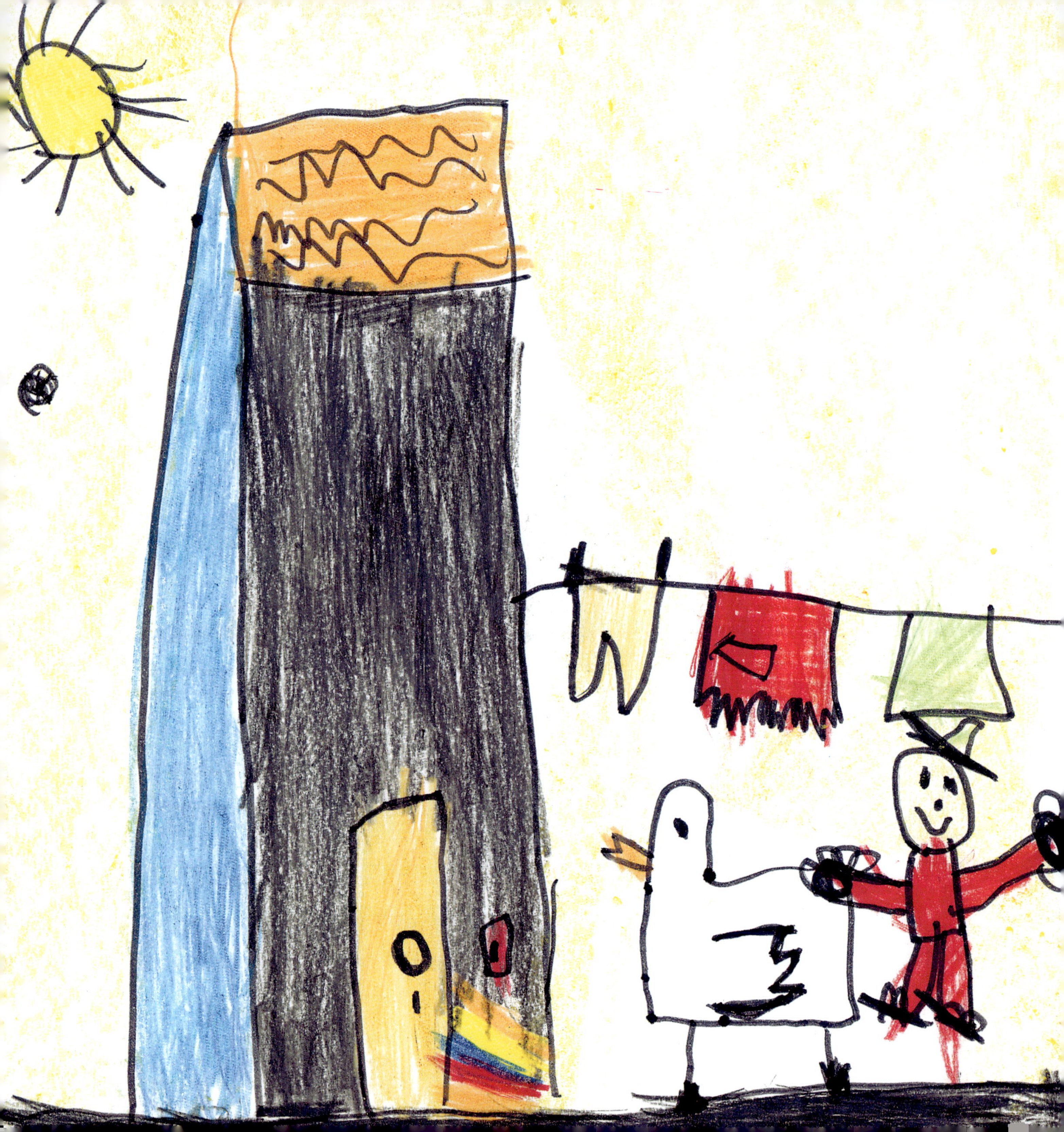

POMBINHA BRANCA

POMBINHA BRANCA,
QUE ESTÁ FAZENDO?
LAVANDO ROUPA
PRO CASAMENTO
VOU ME LAVAR
VOU ME SECAR
VOU NA JANELA
PRA NAMORAR
PASSOU UM HOMEM
DE TERNO BRANCO
CHAPÉU DO LADO
MEU NAMORADO
MANDEI ENTRAR
MANDEI SENTAR
CUSPIU NO CHÃO
— LIMPA AÍ, SEU PORCALHÃO!
TENHA MAIS EDUCAÇÃO!

ILUSTRADO POR

VICTOR FERRADOSA MORATO

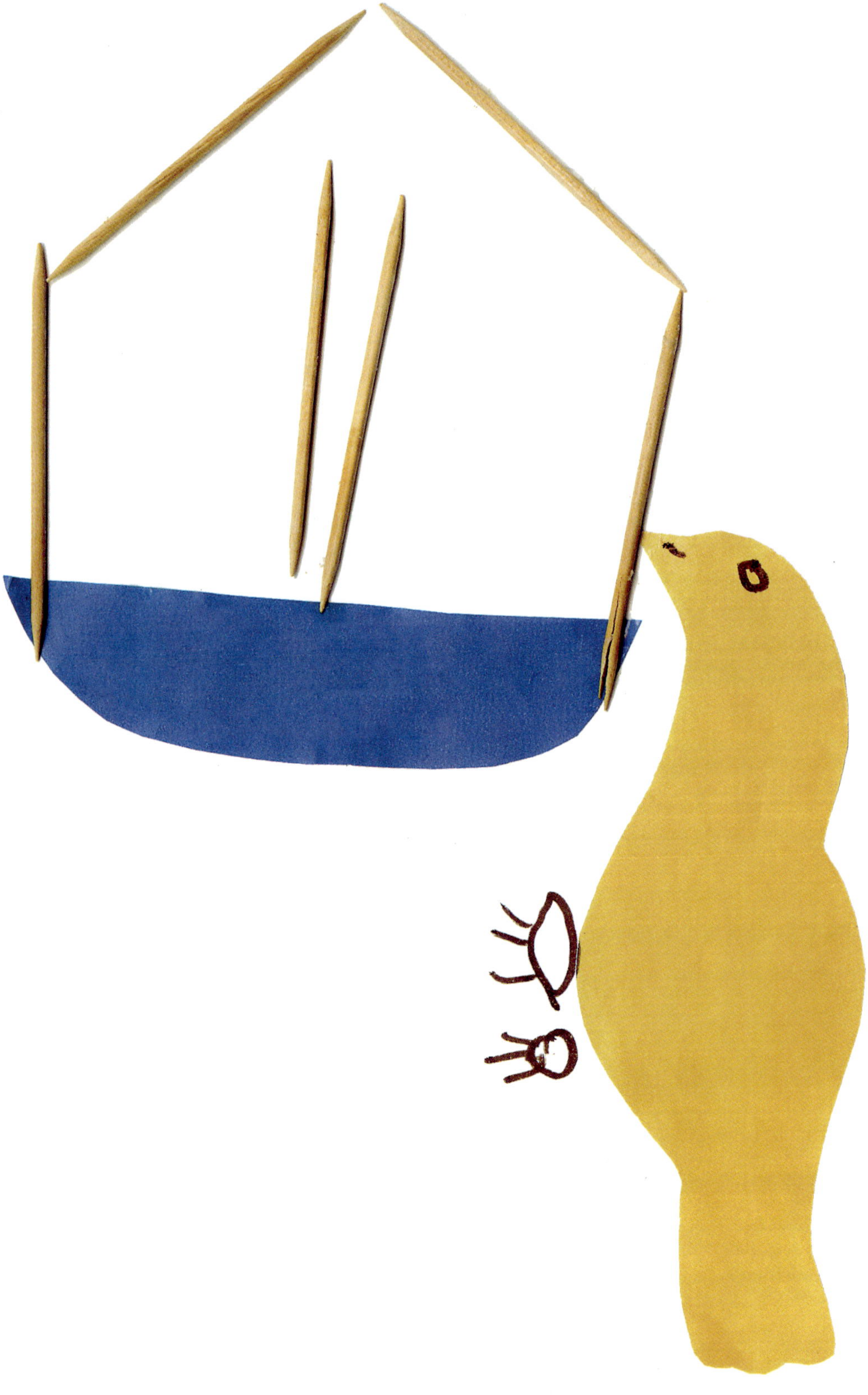

SABIÁ

SABIÁ LÁ NA GAIOLA
FEZ UM BURAQUINHO
VOOU, VOOU, VOOU, VOOU
E A MENINA QUE GOSTAVA
TANTO DO BICHINHO
CHOROU, CHOROU,
CHOROU, CHOROU.
SABIÁ FUGIU PRO TERREIRO
FOI CANTAR LÁ NO ABACATEIRO
E A MENINA PÔS-SE A CHAMAR
VEM CÁ, SABIÁ, VEM CÁ.

ILUSTRADO POR

FRANCESCA COSENZA

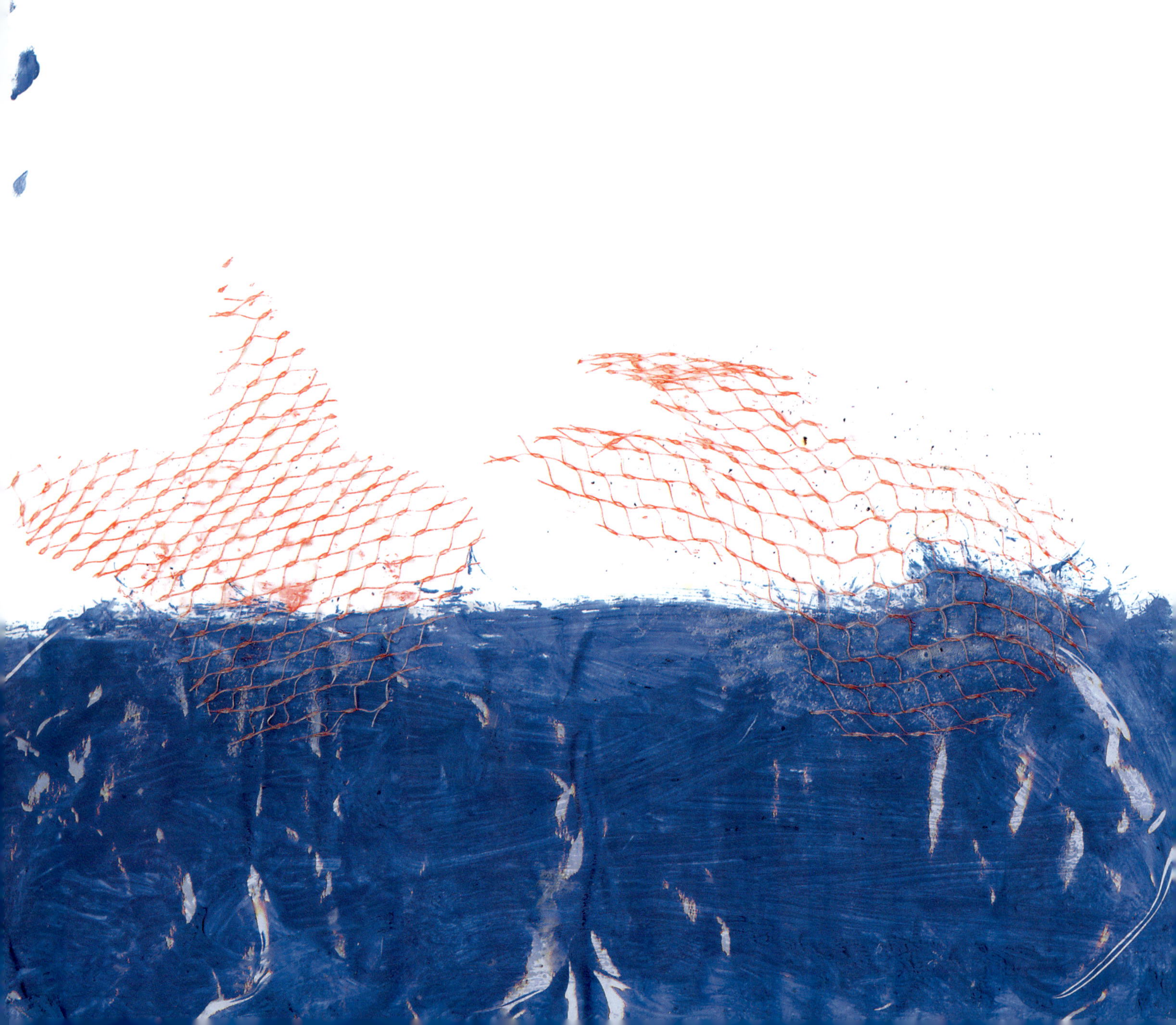

SAI, PIABA

SAI, SAI, SAI, Ô PIABA
SAI LÁ DA LAGOA
SAI, SAI, SAI, Ô PIABA
SAI LÁ DA LAGOA.

BOTA A MÃO NA CABEÇA
OUTRA NA CINTURA
DÁ UM REMELEXO NO CORPO
DÁ UM ABRAÇO NO OUTRO.

ILUSTRADO POR
FABRIZIO QUINTAS PARMIGIANI

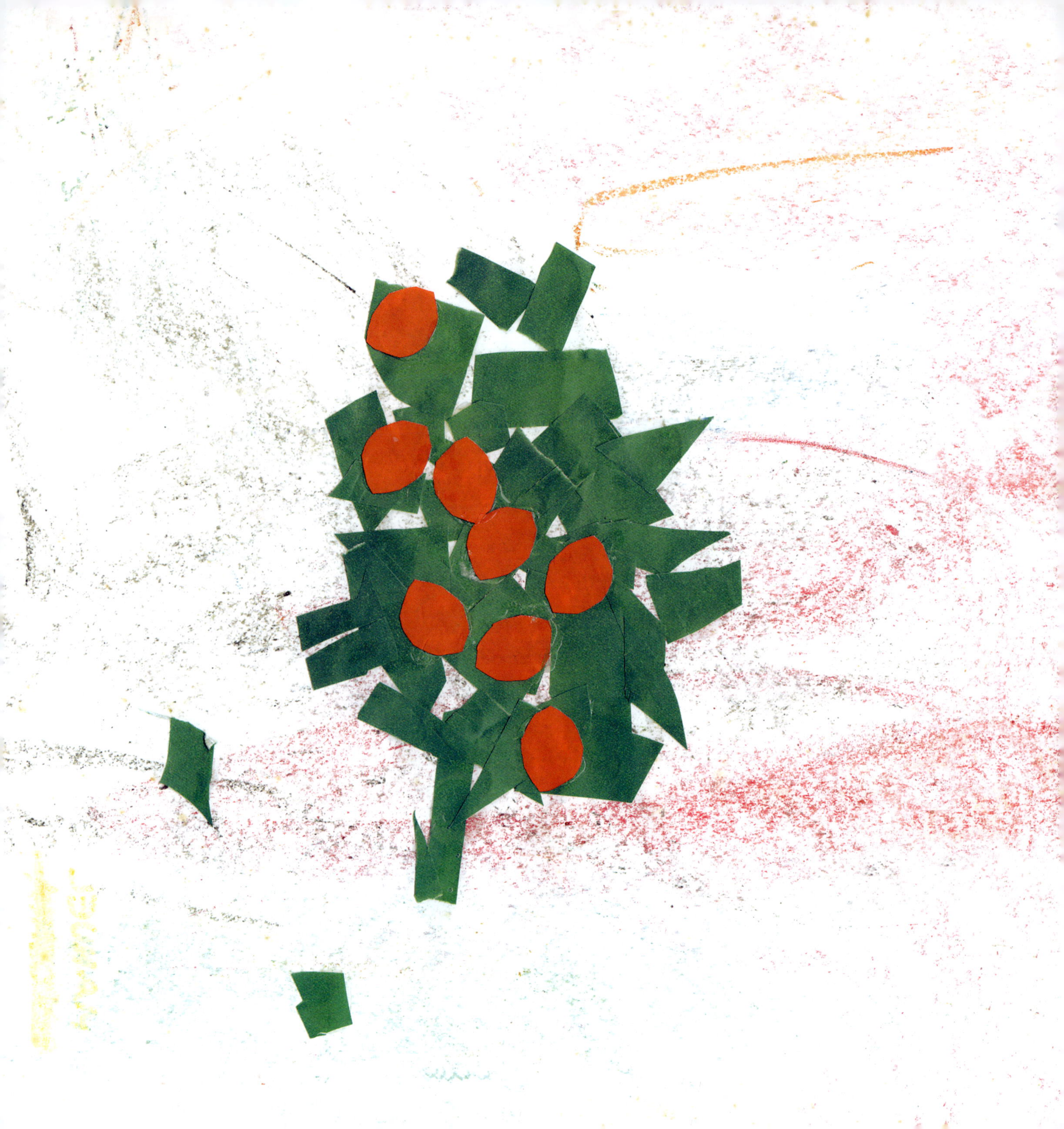

SALADA, SALADINHA

SALADA, SALADINHA
BEM TEMPERADINHA
COM SAL, PIMENTA
UM, DOIS, TRÊS.

ILUSTRADO POR

MANUEL RODRIGUES TAVARES DE ALMEIDA NETO

SAMBA LÊ LÊ

SAMBA LÊ LÊ
TÁ DOENTE
TÁ COM A CABEÇA QUEBRADA

SAMBA LÊ LÊ
PRECISAVA
É DE UMAS BOAS PALMADAS

SAMBA, SAMBA, SAMBA Ô LÊ LÊ
PISA NA BARRA DA SAIA Ô LÁ LÁ.

ILUSTRADO POR

VICTOR MARELLI THUT

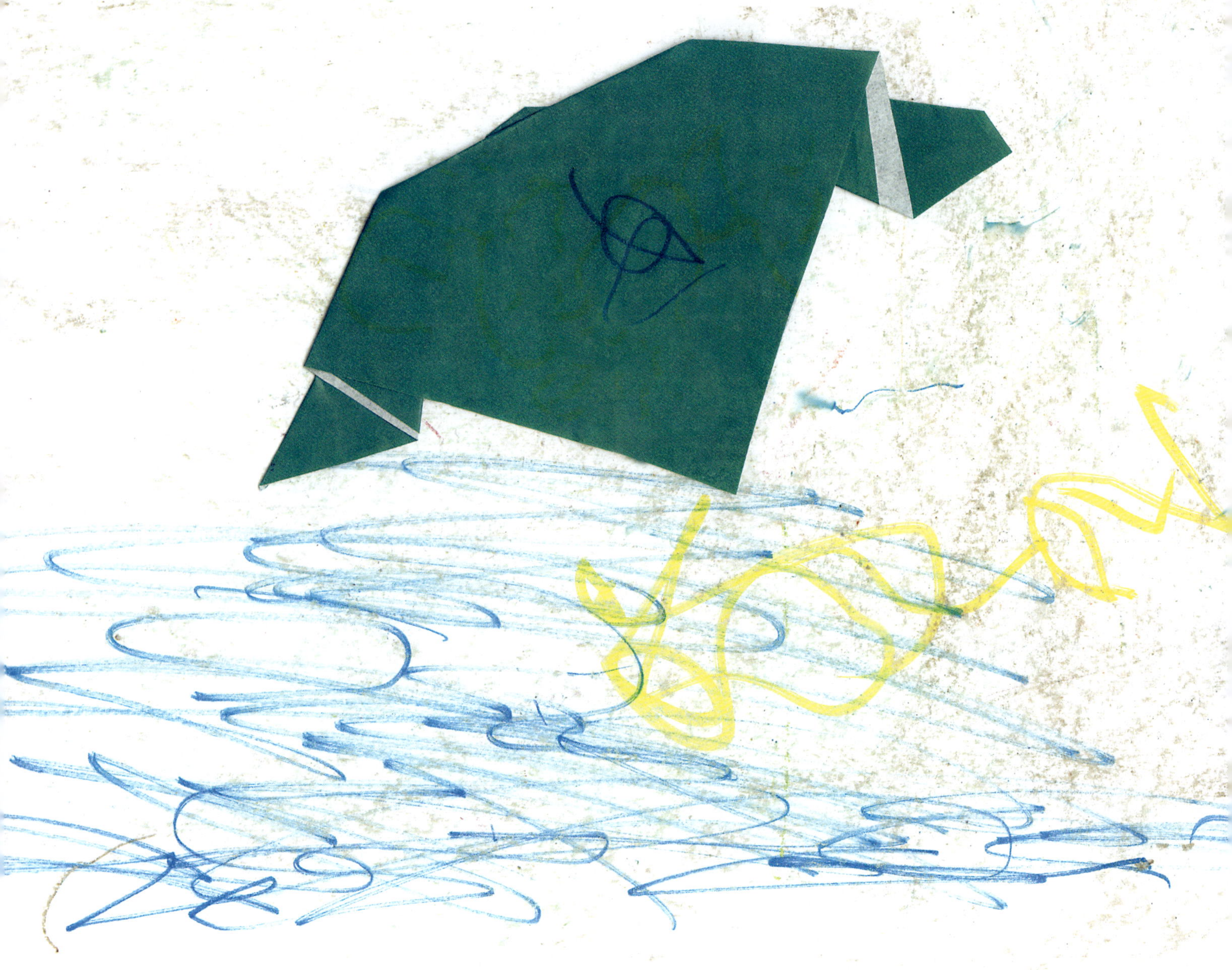

SA-SA-SAPO

SA-SA-SAPO
NA LAGOA
CAN-CAN-CANTA
NOITE E DIA.

CAI, CAI, CAI
CAI A GAROA
CHOVE, CHOVE
CHUVA FRIA.

ILUSTRADO POR
CAUÊ BETTINI PAES LEME

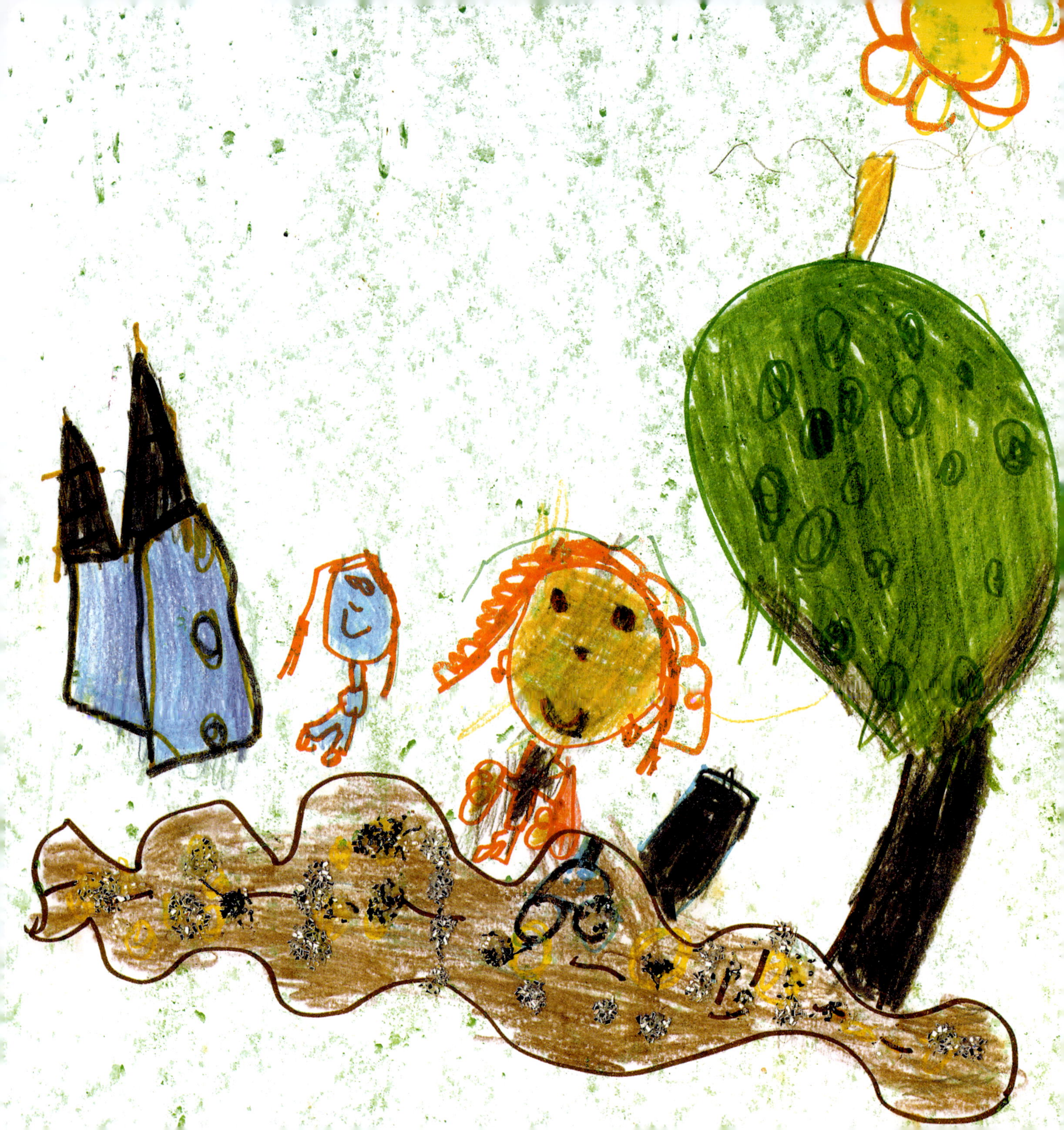

SE ESSA RUA FOSSE MINHA

SE ESSA RUA, SE ESSA RUA FOSSE MINHA
EU MANDAVA, EU MANDAVA LADRILHAR
COM PEDRINHAS, COM PEDRINHAS DE BRILHANTE
SÓ PRA VER, SÓ PRA VER MEU BEM PASSAR.

NESSA RUA, NESSA RUA TEM UM BOSQUE
QUE SE CHAMA, QUE SE CHAMA SOLIDÃO
DENTRO DELE, DENTRO DELE MORA UM ANJO
QUE ROUBOU, QUE ROUBOU MEU CORAÇÃO.

SE EU ROUBEI, SE EU ROUBEI TEU CORAÇÃO,
TU ROUBASTE, TU ROUBASTE O MEU TAMBÉM
SE EU ROUBEI, SE EU ROUBEI TEU CORAÇÃO
FOI PORQUE, SÓ PORQUE TE QUERO BEM.

ILUSTRADO POR
PATRÍCIA ATHIÉ GEBARA

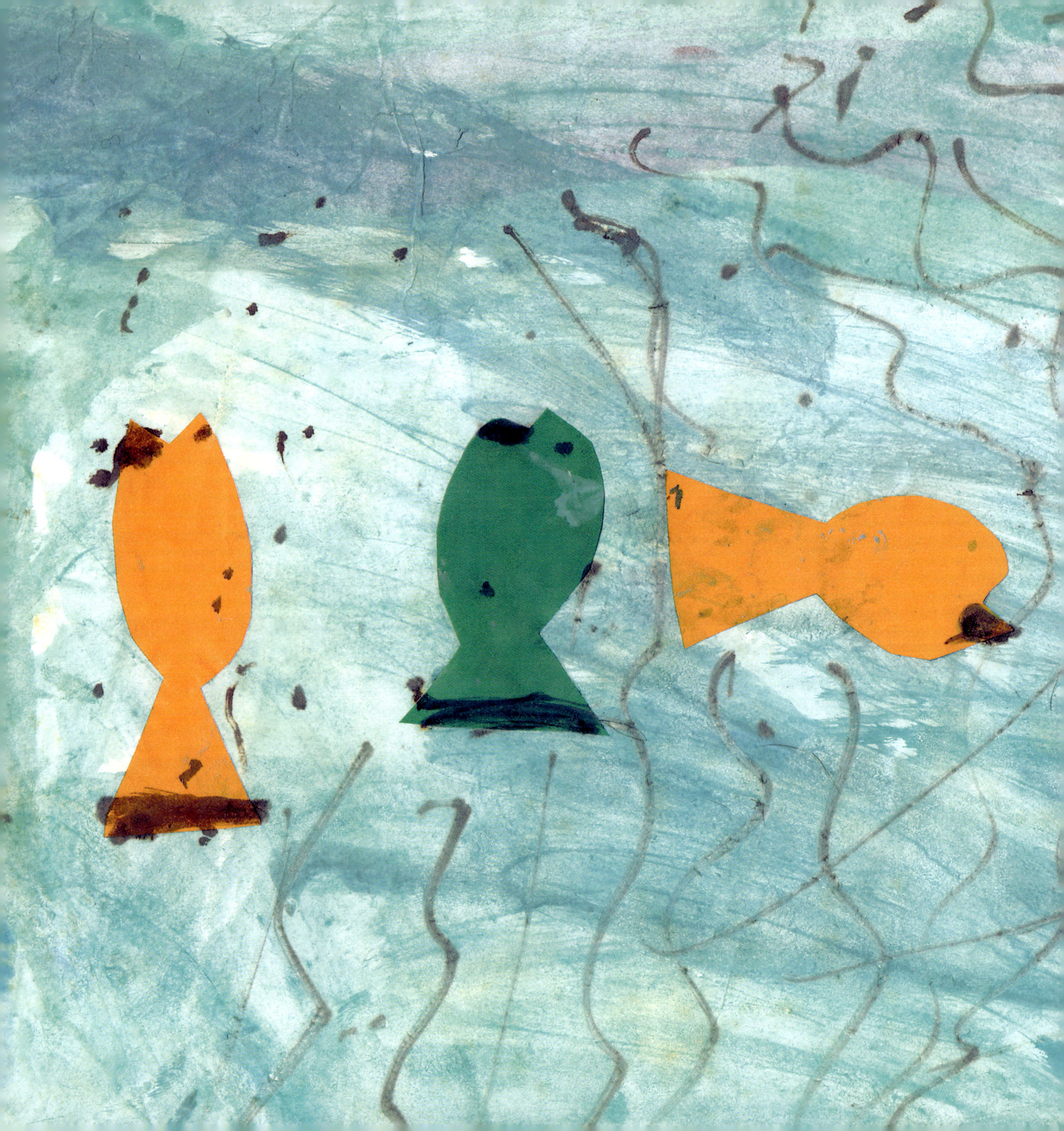

SE EU FOSSE UM PEIXINHO

SE EU FOSSE UM PEIXINHO
E SOUBESSE NADAR
EU TIRAVA A ANTÔNIA
LÁ DO FUNDO DO MAR.

ILUSTRADO POR

ANTONIA BAUDOUIN ANDRADE

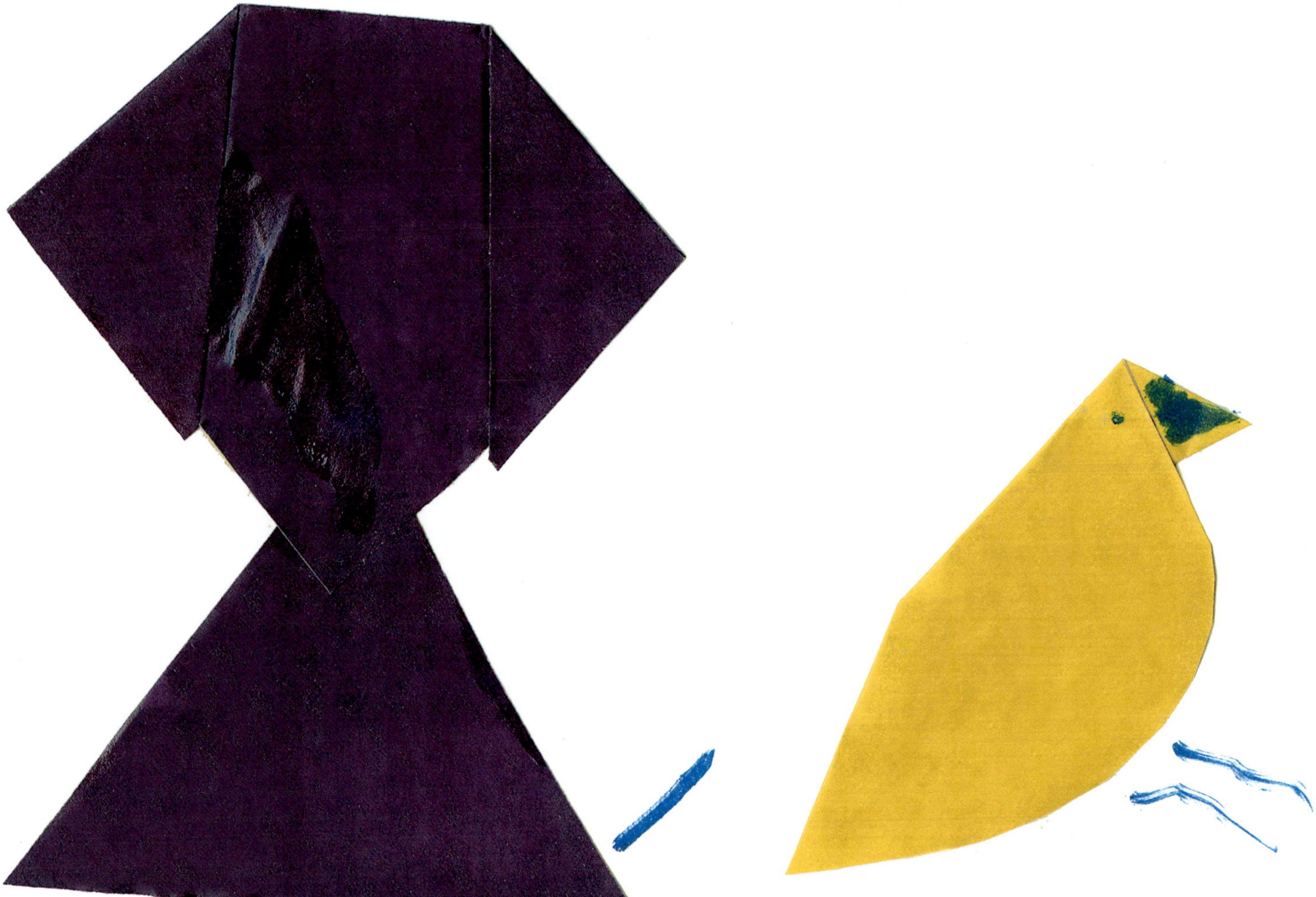

SÍTIO DO SEU LOBATO

SEU LOBATO TINHA UM SÍTIO, IA, IA, Ô!
E NESSE SÍTIO TINHA UM CACHORRINHO, IA, IA, Ô!
ERA AU, AU, AU PRA CÁ
ERA AU, AU, AU PRA LÁ
ERA AU, AU, AU PRA TODO LADO
IA, IA, Ô!

SEU LOBATO TINHA UM SÍTIO, IA, IA, Ô!
E NESSE SÍTIO TINHA UM PINTINHO, IA, IA, Ô!
ERA PIU, PIU, PIU PRA CÁ
ERA PIU, PIU, PIU PRA LÁ
ERA PIU, PIU, PIU PRA TODO LADO
IA, IA, Ô
IA, IA, Ô!

ILUSTRADO POR
GIUSEPPE BATTISTA

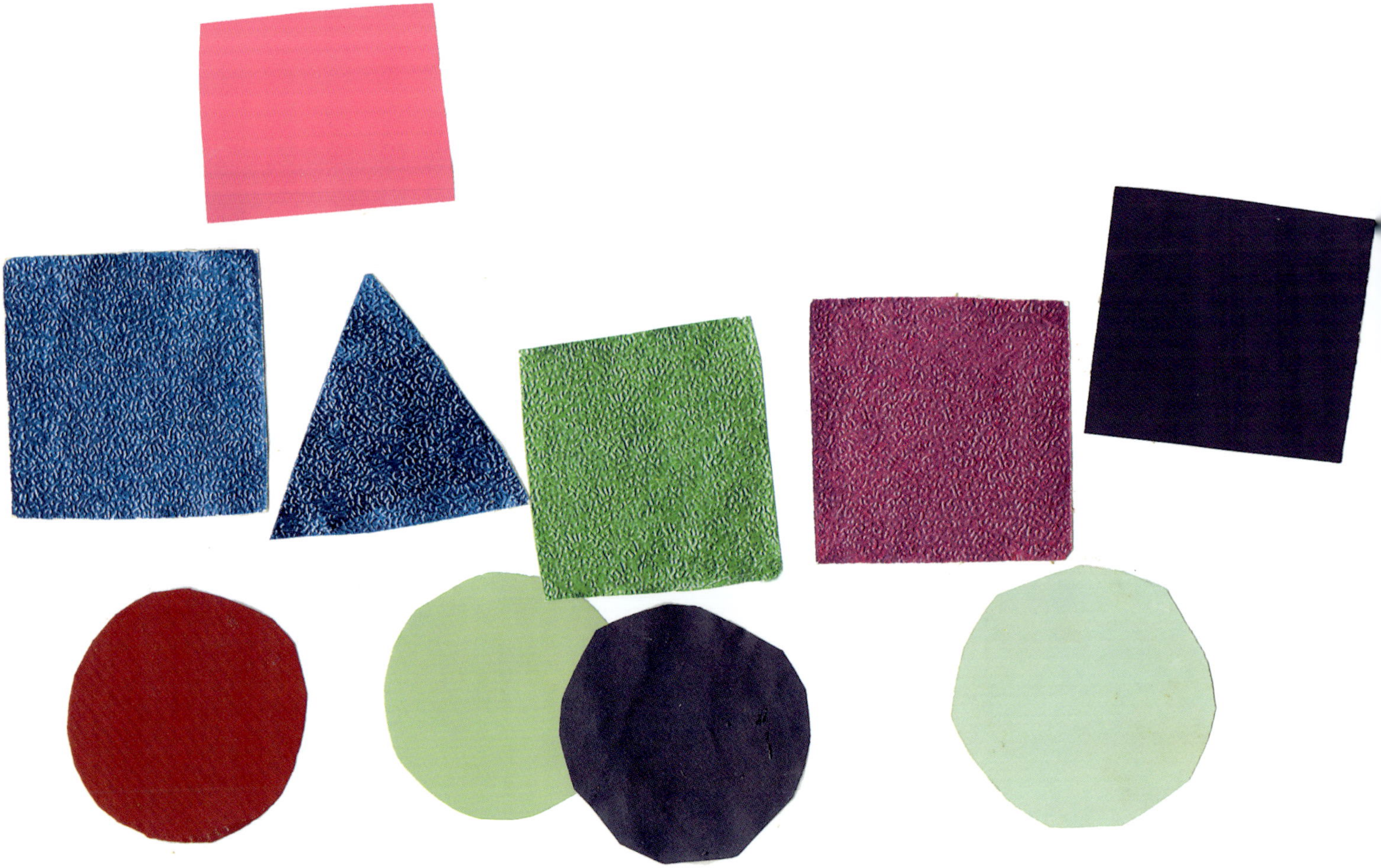

TREM MALUCO

O TREM MALUCO
QUANDO SAI DE PERNAMBUCO
VAI FAZENDO CHIC, CHIC
ATÉ CHEGAR NO CEARÁ.

REBOLA PAI, MÃE, FILHO
EU TAMBÉM SOU DA FAMÍLIA
TAMBÉM QUERO REBOLAR.

ILUSTRADO POR
DÉBORA CABRAL DE CARVALHO CORREA

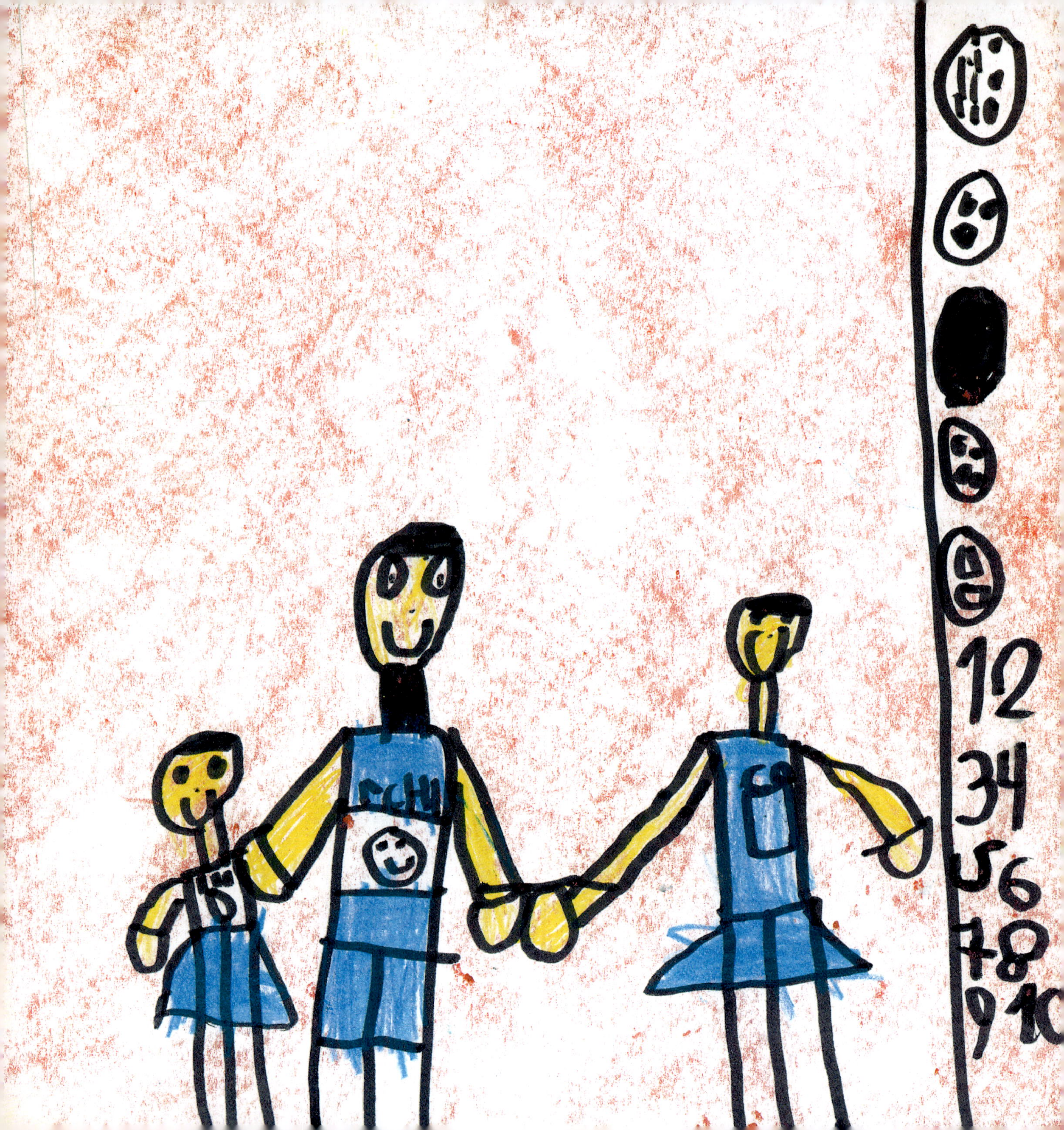
12
34
56
78
910

UM, DOIS, FEIJÃO COM ARROZ

UM, DOIS, FEIJÃO COM ARROZ
TRÊS, QUATRO, FEIJÃO NO PRATO
CINCO, SEIS, MOLHO INGLÊS
SETE, OITO, COMER BISCOITOS
NOVE, DEZ, COMER PASTÉIS.

ILUSTRADO POR

RICARDO BONILHA BRENTANI

THEODORA MARIA MENDES DE ALMEIDA

NASCEU EM SÃO PAULO, EM 1967. TICA, COMO GOSTA DE SER CHAMADA, É PEDAGOGA, FOI DIRETORA DA ESCOLA DE EDUCAÇÃO INFANTIL BOLA DE NEVE E DO COLÉGIO HUGO SARMENTO DURANTE 35 ANOS.

NESSE PERÍODO, COM BASE EM SEUS ESTUDOS E OBSERVAÇÕES, CRIOU E ACOMPANHOU INÚMEROS PROJETOS PARA CRIANÇAS DE 0 A 18 ANOS, DA EDUCAÇÃO INFANTIL AO ENSINO MÉDIO. COMEÇOU A REGISTRAR ESSES PROJETOS EM FORMA DE LIVROS: *HORA DO LANCHE – UM LIVRO DE RECEITAS*, *QUEM CANTA SEUS MALES ESPANTA 1 E 2*, COM O REPERTÓRIO DAS CANTIGAS, PARLENDAS E ADIVINHAS DA NOSSA CULTURA POPULAR, *BRINCAR, JOGAR, CANTAR E CONTAR – UM JEITO GOSTOSO DE APRENDER MATEMÁTICA* E *BEBÊ E BABÁ – LIVRO GUIA PARA ENSINAR COMO BRINCAR COM OS BEBÊS PARA ALÉM DO CUIDAR*. ASSIM SE TORNOU TAMBÉM AUTORA.

DESSE MODO, COMO EDUCADORA E FORMADORA DE PROFESSORES, CONTINUA A COMPARTILHAR SEU PRAZER PELO ENSINO E PELAS APRENDIZAGENS, COM MAIS EDUCADORES, PAIS, MÃES E CRIANÇAS.